SPAN
FIC
COO

Enloquéceme

Enloquéceme

Antología de Cathryn Cooper

Título original: *Sex and Seduction*
Traducción: Paula Vicens

1.ª edición: octubre de 2010

© Accent Press Ltd 2008
© Ediciones B, S. A., 2010
 para el sello Vergara
 Consejo de Ciento 425-427 - 08009 Barcelona (España)
 www.edicionesb.com

Printed in Spain
ISBN: 978-84-666-4472-3
Depósito legal: B. 31.636-2010

Impreso por LIBERDÚPLEX, S.L.U.
Ctra. BV 2249 Km 7,4 Polígono Torrentfondo
08791 - Sant Llorenç d'Hortons (Barcelona)

Todos los derechos reservados. Bajo las sanciones establecidas en las leyes, queda rigurosamente prohibida, sin autorización escrita de los titulares del *copyright*, la reproducción total o parcial de esta obra por cualquier medio o procedimiento, comprendidos la reprografía y el tratamiento informático, así como la distribución de ejemplares mediante alquiler o préstamo públicos.

Índice

Un polvo rápido 9
Elizabeth Cage

El rey de los consoladores 19
Landon Dixon

El primer pecado mortal 29
Gwen Masters

La segunda parte del partido............ 43
Phoebe Grafton

Cita en la librería 55
N. Vasco

Su madre sabe más....................... 69
Landon Dixon

Un cambio de objetivos 85
Jeremy Edwards

No me cites 97
Lynne Jamneck

GRITO SU NOMBRE 103
Adrie Santos

ELECCIONES 109
Kate Franklin

INUNDACIÓN REPENTINA 127
Lynn Lake

UNO BIEN VESTIDO 141
Jordana Winters

PLÁTANOS 149
Dee Dawning

LA LOCURA TIENE UN NOMBRE.............. 167
Gwen Masters

ASESINATO, PUTAS Y DINERO 173
Teresa Joseph

QUE TE DEPILEN........................... 185
Jade Taylor

LA NOCHE DEL OSO 197
Garrett Calcaterra

PESQUISAS PROPIAS 219
J. Carron

EXAMEN DE CONDUCIR 233
Roxanne Sinclair

MUCHO RUIDO (Y POCAS NUECES) 243
Sue Williams

UN POLVO RÁPIDO

Elizabeth Cage

Miré la hora por séptima vez en otros tantos minutos. «Afróntalo, Mel —me dije—, no va a aparecer.»
Daba vueltas por el vestíbulo del cine Multiplex, con la falda corta, el top de cuello alto y mis malditas sandalias de tiras de tela vaquera y tacón de aguja, con pinta de tía a la que han dejado plantada. Como así era, en efecto.
Abrí el móvil, diciéndome que tal vez no lo había oído sonar cuando me había llamado para darme un mensaje, lo que tendría que haber hecho de haberse visto forzado a cancelar la cita. Si se le había presentado alguna emergencia. Pero no tenía mensajes.
Había conocido a Bill en las clases de Pilates. Era el único chico en un grupo de diez mujeres, así que en cierto modo destacaba, tanto como para hablar con él. Me impresionaba que tuviera el valor de incorporarse a una clase exclusivamente de chicas, y me impresionaba su físico. Tenía un cuerpo verdaderamente tonificado y me gustaba mirarle la musculatura cuando hacía flexio-

nes, imaginándome tendida en la esterilla de ejercicios debajo de él mientras descendía apoyándose en sus fuertes brazos y luego, con un gruñido, volvía a elevar el cuerpo.

Decidí entablar conversación después de clase, fuimos a tomar algo, congeniamos enseguida y volvimos a casa para una estupenda sesión de sexo.

Al principio era un follador erótico, apasionado, bestial. Tenía una resistencia tremenda y a mí me encantaba sentir su gran polla dura latiendo en mi interior. Pero también le gustaba tenerme en vilo, clavándome, llenándome mientras yo lo agarraba con mis músculos pélvicos (que habían mejorado enormemente gracias al Pilates), y luego levantarse liberándome de todo su peso y, despacio, con cuidado, retirarse de mi escurridizo y dolorido conejito hasta que sólo la punta brillante de su maravillosa polla tocaba apenas mi húmeda vulva.

Así se quedaba, hasta que yo le suplicaba que volviera a llenarme, abrazada a su cintura y su trasero con brazos y piernas, desesperada por que me follara. Era una tortura, pero una tortura exquisita, y me llevaba hasta un punto en que no podía evitar correrme, y llegados a ese punto me dedicaba una gran sonrisa de suficiencia antes de disparar su carga con un grito de lobo herido.

Yo me sentía envanecida también, con tan estupendo amante, pasando por alto más de una advertencia por parte de mis parejas de que yo tenía cierta reputación de fácil.

«Vale. Que se aproveche de mí tanto como quiera», me decía, acordándome de aquellos sensacionales orgasmos.

Habíamos salido dos veces más, una a un club, otra a una vinoteca. No sabía si aquello llegaría a alguna parte, pero el sexo era tan bueno que, de hecho, no me importaba... siempre y cuando yo tuviera mi dosis.

Bill sólo vino a unas cuantas clases de Pilates, porque no se comprometía con nada; simplemente le gustaba probar cosas diferentes. Tendría que haberme dado cuenta de que eso incluía a las personas.

Eché una ojeada a la multitud que hacía cola ante la taquilla.

Era sábado por la noche y aquélla era una película popular. Y, por supuesto, para echar sal en la herida, casi todos los espectadores iban en pareja.

Faltaban cinco minutos para que empezara la sesión. Tenía más de una opción: podía irme a casa, lamentarme y emborracharme, o llamar a un amigo y emborracharme. También podía entrar y ver la película sola.

Eso era algo que nunca había hecho. Suponía que iba a sentirme incómoda, como cuando comes sola en un restaurante. Cuando hago eso, siempre llevo algo que me sirva de distracción, como un libro o mi *laptop*. Cogí el programa gratuito de próximos estrenos y me lo leí dos veces mientras esperaba a Bill.

¿Por qué me cortaba tanto ver la peli sola? ¡Por Dios, era una mujer adulta! Le había sugerido que fuéramos al cine porque me apetecía de veras ver aquella película. La había estado esperando (como había esperado el sexo subsiguiente). Desde luego, siempre podía esperar a que saliera en DVD y quitarme la frustración con mi vibrador preferido.

Miré hasta que la cola disminuyó y la gente desapareció en la Sala 1, la enorme sala con sonido Dolby surround. Habría sido divertido. ¡Maldita sea, quería ver si Uma mataba a Bill! Lo irónico de la situación casi me dio risa. Porque en aquellos momentos me hubiera gustado a mí matar a un Bill, y la perspectiva de ver a Uma patearle el culo a un tío me apetecía de veras.

—Una, por favor —dije, pasándole un billete de diez libras al adolescente con pinta de aburrido de la taquilla. Seguramente trabajaba allí los fines de semana mientras terminaba los estudios en el instituto.

—Sólo quedan unas cuantas localidades libres. ¿Dónde quiere sentarse?

Yo quería entrar y sentarme detrás, pasar desapercibida. Cuando tenía dieciséis años, podía sentarse donde le apetecía en el cine, preferentemente en las filas posteriores, con su novio, para magrearse. Detestaba tener que escoger el asiento en una pantalla de ordenador.

—¿Qué le parece en el centro de esta fila? —me sugirió.

Las luces ya se habían apagado cuando entré. Otro adolescente de uniforme enfocó con la linterna la fila F y tuve que pedir a la gente que se levantara mientras pasaba a trompicones y apretujándome.

Me parecía que todos me miraban fijamente, mascullando un poco irritados por el hecho de que yo llegara tan tarde. Fui murmurando disculpas hasta que por fin encontré mi butaca.

Eché un vistazo a cada lado. Estaba entre una chica arrimada a su novio, con el pelo rubio alborotado sobre el hombro, y un tipo con una camisa de color claro y tejanos.

Intentado no moverme demasiado para no molestar a los que ya estaban cómodamente instalados, me senté y tiré de la falda. No había mucho que colocar, porque había elegido ponerme una muy corta, ligera, tan escasa que apenas me cubría los muslos. Bueno, no había sido una elección mía por entero. Bill había sugerido que me pusiera algo que le permitiera «acceder a mí con facilidad» en el cine. Yo había estado más que contenta con su idea, pero ahora estaba enfurruñada y decidí mandarle una nota desagradable cuando se acabara la proyección, diciéndole lo que opinaba de él. Sin embargo, para ocultar mi inmodestia, me puse el folleto sobre las rodillas tapando un poco de carne desnuda.

Seguí echando humo por Bill durante los veinte minutos de bombardeo publicitario, que sólo empeoraron mi irritación. Por fin empezó la película y me concentré en la pantalla.

Llegada la escena en que nuestra pobre protagonista ha sido enterrada viva en un ataúd sin forma de escapar, aparentemente, noté que algo me rozaba el tobillo. Al principio lo ignoré, esperando que el cine no tuviera un problema de roedores, pero como continuó eché un vistazo hacia el suelo y vi que el tipo que tenía sentado al lado había desplazado las piernas, de modo que la piel de su zapato me tocaba el tobillo desnudo. Me quedé inmóvil.

Él miraba fijamente la pantalla, como si no se diera cuenta. A lo mejor no se daba cuenta. Quizá no era consciente de que habíamos establecido contacto físico. Corrí el pie con cuidado y pasé de ello. Volví a centrarme en la pantalla, y no ocurrió nada más. Sentía alivio de no haber acabado sentada al lado de algún pervertido, sobre todo estando del humor que estaba. Pero, al cabo de un poco, noté una mínima presión contra la pantorrilla, tan mínima que era casi imperceptible, por lo que dudé de si no serían imaginaciones mías.

Bajé la vista y vi que su pierna tocaba la mía. La aspereza de la tela de los tejanos contra la piel desnuda me producía una interesante sensación. Mmmm. Me pregunté qué hacer a continuación. En justicia, desde luego, hubiera podido darle un puntapié por lo menos o clavarle en el pie un tacón afilado. Así habría captado el mensaje. Pero mientras me decidía, me permití saborear la sensación, no precisamente desagradable, un poco más. Era todo lo contrario, de hecho. Así que cuando noté los dedos trepando por los muslos no me sorprendió.

A lo mejor él había interpretado mi inacción como la aceptación tácita de lo que estaba ocurriendo. ¿Y qué estaba ocurriendo exactamente? Aquello era una exploración erótica mediocre en una sala enorme a oscuras y llena de gente. No estaba en peligro. Estaba bastante a salvo. Y no sé por qué sabía que, si le indicaba que parara, lo haría inmediatamente. Me preguntaba si alguien podía ver lo que estaba haciendo. En cierto modo eso me excitaba más, porque estaba, a pesar mío, un poco emocionada con aquello.

Me tocaba de un modo increíblemente suave y dulce, como si estuviera acariciando el terciopelo más delicado, y me hacía estremecer.

Aunque veía la pantalla y escuchaba la estupenda banda sonora, la música sensacional, los ingeniosos diálogos, me encontraba al mismo tiempo en un universo paralelo consistente en una pura sensación física.

Mientras me recorría con los dedos, él notaba mi excitación, y supo juzgar perfectamente cuándo y cómo pasar a la acción.

Me estremecí cuando movió la mano despacio, inexorablemente, hacia la parte superior de mis muslos y bajo la minifalda. Luego paró, como si dudara de si era seguro seguir adelante. Yo me debatía entre la indignación y la excitación. Pero estaba caliente. ¡A tope!

Inspiré profunda, audiblemente, y él desplazó la mano hacia arriba y hacia dentro, hasta que noté las yemas de sus dedos acariciándome la cara interna de los muslos; los labios de la vulva, ya húmedos, tentadoramente cercanos.

Encontró la delgada tela de mi tanga, lo desplazó hacia un lado y entonces me pareció que soltaba un grito ahogado al darse cuenta de que iba completamente afeitada.

Temblé como un conejo paralizado por los faros de un coche que se aproxima a toda velocidad, fascinada.

Luego su intrépido dedo encontró mi coño y se coló dentro acariciándome al mismo tiempo el clítoris con el pulgar.

Yo miraba fijamente hacia delante, incapaz de volverme hacia él. En circunstancias normales, para entonces ya habría estado gimiendo suavemente; pero tener que permanecer en silencio, fingiendo estar completamente inmersa en la película, aumentaba la excitación, la ilicitud, el puro atrevimiento de lo que me estaba haciendo. Era nuestro secreto.

Me costaba mantener a raya las cuerdas vocales, sin embargo, y me di cuenta con exquisito horror de que si continuaba satisfaciendo mi húmedo coñito de aquel modo, casi seguro que me correría. Y apenas lo hube pensado, me corrí. De repente y en silencio. Creí que me moría mientras las oleadas me sacudían, ahogándome. Cerré los ojos un instante.

Cuando volví a abrirlos, sin saber muy bien si había soñado lo que acababa de sucederme, puse mi mano sobre la suya, y él le dio la vuelta, agarrándomela suave pero firmemente, atrayéndola hacia sí y colocándola en su regazo. Me llevé un sobresalto cuando noté su polla desnuda, dura como una piedra, y lo miré de reojo.

Había doblado la chaqueta y se la había puesto de través sobre la braguera desabrochada. (¿Habría estado masturbándose con la otra mano mientras me llevaba al orgasmo?) Yo tenía la mano debajo de la chaqueta, sobre su verga.

Así que, mientras deseaba al David Carradine de la pantalla y saboreaba su increíble atractivo sexual, conseguí al desconocido de la butaca de al lado. Tardé cuestión de segundos y me hizo sentir poderosa, como Uma.

Cuando acabó la película, no estaba segura de si debía salir rápidamente. Quizás estuviera avergonzado. No sabía lo que esperar. Pero sentía curiosidad, eso sí que lo sabía. También estaba cachonda otra vez. Luego se encendieron las luces y por primera vez pude mirarlo bien y él a mí.

Sonrió vacilante y le devolví la sonrisa.

—¿Quieres ir a algún lado? —me preguntó con una voz profunda y cargada.

Asentí con la cabeza y dije:

—Sí.

Juntos caminamos entre la gente hacia el vestíbulo.

—Conozco un sitio muy cerca de aquí —dijo, cogiéndome de la mano. Íbamos por el pasillo cuando me susurró—: Espera aquí.

Desapareció en el lavabo de caballeros, donde supuse que usaría la máquina de condones.

Reapareció al cabo de unos minutos, me agarró de la muñeca y tiró de mí hacia un cubículo. Abrí la boca para protestar, pero me susurró:

—Chiss. No sé tú, pero yo no creo que pueda esperar hasta que lleguemos a mi casa.

Empujándome contra el tabique de separación, se arrodilló entre mis piernas, me levantó la falda, me arrancó el tanga empapado y empezó a lamerme. Enseguida experimenté el segundo orgasmo mudo pero increíblemente potente de la tarde.

Mientras todavía todo me daba vueltas y las piernas me temblaban, penetró de una embestida en mi anhelante y abierta vulva. Mis músculos pélvicos le agarraron la polla viciosamente, ordeñándolo hasta que explotó en mi interior, momento en el cual ambos colocamos una mano sobre la boca del otro para corrernos, desesperados por que no nos descubrieran.

Oímos a muchos tíos entrar y salir durante los siguientes minutos y, cuando no hubo moros en la costa, nos escurrimos hacia el pasillo como una pareja de adolescentes traviesos.

A las puertas del cine, decidí presentarme.

—Me llamo Mel.

Sonrió avergonzado.

—Soy Esteve. Gracias por una tarde encantadora, Mel.

—Todavía no ha acabado —señalé.

—Cierto. ¿Sabes lo que me gustaría hacer ahora?

Negué con la cabeza. Nada de lo que pudiera hacer aquel hombre me sorprendería.

—Esto.

Abrió la boca y gritó fuerte, como si se estuviera corriendo otra vez. Me uní rápidamente a él, para dar voz al éxtasis que había experimentado durante las pasadas dos horas y que no había podido descargar.

—Esto está mejor. —Suspiró—. ¿Y ahora qué?

Le tomé de la mano.

—Vamos a mi casa para hacer un buen y anticuado polvo. En la cama. Sin restricciones sonoras.

—Me gusta la idea. A propósito, ¿qué te ha parecido la película?

El Rey de los Consoladores

Landon Dixon

Enfilé cruzando las puertas de hierro por un camino asfaltado que describía curvas hacia la colosal puerta principal de la mansión Bisbey. Me apeé de mi cacharro y miré fijamente la monstruosidad arquitectónica: dos resplandecientes pisos de ladrillo rojo con gárgolas de bronce y un frontispicio de columnas góticas sureñas que ponían dientes podridos en la fea cara del edificio. En plena Gran Depresión, era el no va más. Encontrar petróleo en Los Ángeles había enriquecido a unos pocos afortunados, mientras que la mayoría iban arrastrando los pies en la cola de la beneficencia y en las oficinas de empleo.

Evité la aldaba ornamental de latón y golpeé la puerta con el puño. Un criado me hizo entrar en los silenciosos y frescos confines de un vestíbulo con suelo de mármol y subir una sinuosa escalera alfombrada de terciopelo rojo hasta el estudio del segundo piso de la señora de la casa.

Se llamaba Etta Bisbey, y estaba sentada a un escritorio de paneles de roble suficientemente grande como para mantener a flote a veinte supervivientes del *Titanic*. Se levantó y rodeó pavoneándose la extensión de madera barnizada para que pudiera ver bien todos sus atributos. Y, chico, menudos atributos. Los abundantes y redondos pechos tensaban los botones de su blusa color perla tanto como las protestas de inocencia de Fatty Arbuckle* carecían de credibilidad. El resto tampoco era nada despreciable: una cara bonita, pelo negro como la brea recogido sobre la cabeza por los mismos hábiles y afeminados artesanos que sacaban oro de la escoria, talle fino, esbeltas pantorrillas y tobillos estrechos sobresaliendo de una falda de color zafiro.

Estreché la mano que me tendía.

—Me ha dicho usted por teléfono que me necesitaba para encontrar algo —le planteé, hablando de negocios mientras mis ojos hacían inventario. Mantenía el sombrero a la altura de la entrepierna para disimular un bastante descortés desarrollo allí abajo.

—Sí, señor Polk —respondió la señora Bisbey—. Una pieza mía, un objeto artístico, ha sido robado y quiero recuperarlo. —Su mano aleteó sobre su garganta y fue bajando por su pecho.

Tenía una voz y unas maneras un poco demasiado exageradas para mi gusto. Me olió a actriz.

---

* Uno de los actores más populares de su época, aunque hoy es más conocido por el escándalo Fatty Arbuckle. Fue acusado de violar y de provocar la muerte a una actriz, y sus juicios se convirtieron en un verdadero espectáculo. *(N. de la T.)*

—¿Es usted actriz? —le pregunté.

Quedó impresionada por mis poderes de observación. ¿Qué nena con un cuerpo hecho para la cama como el suyo que viviera en la soleada y pecadora Los Ángeles y fuera viuda de un magnate del petróleo, que en vida había tenido más arrugas en la pija en erección que cuando estaba flácida, no era o había sido actriz?

Hizo una pirueta alejándose de mí, caminó contoneándose hacia la ventana y echó un vistazo a las colinas de Hollywood, tal vez para ofrecerme una vista comparativa.

—Sí, yo era una artista de cierto renombre... en otros tiempos —puntualizó.

Estudié la silueta infame de sus generosas tetas y me acaricié subrepticia y afectuosamente el pene. «¿Se me habrá levantado?»

—Tengo una foto del... objeto. En mi dormitorio.

Fuimos hacia la habitación contigua, un dormitorio amueblado con buen gusto, lo bastante grande para albergar una convención de Wobblies.*

Abrió un cajón de la mesilla de noche, sacó una fotografía y me la tendió. Era una foto de diez por quince de un consolador negro... un consolador enorme si yo tenía algún sentido de la perspectiva y sabía algo de penes. Miré la foto y la miré a ella. Se puso más roja que la Rusia de posguerra.

---

* Industrial Workers of the World, «Trabajadores Industriales del Mundo» (IWW o los Wobblies). Multitudinario sindicato regido por la teoría sindicalista revolucionaria, basada en la democracia laboral y la autogestión obrera. *(N. de la T.)*

—Es un objeto sin valor alguno para los demás, pero de gran, ah, valor sentimental para mí. —Tomó aire, retorciéndose las manos—. Se lo dio a mi padre el jefe de una tribu del Congo belga, durante uno de sus viajes de exploración, hace muchos años. Se supone que da buena suerte a su propietario.

Y, sin duda, secreciones vaginales a raudales. Dejé la foto del consolador en su cama y le dije:

—No hay trato, muñeca. No me dedico a buscar juguetes sexuales... a menos que sean humanos.

Al fin y al cabo, tenía una reputación que mantener y andar detrás de un almejero no iba a favorecerme en absoluto. Me encaminé hacia la salida.

—¡Señor Polk! —me gritó.

Me di la vuelta y me quedé boquiabierto, sobrecogido por su espectacular torso desnudo.

—Ñam, ñam —murmuré, comiéndome con los ojos sus dos globos blancos como la leche, sus pezones rosados y saltones.

Ella se sostuvo las pesadas tetas y se las apretó; tenía una fuerza increíble en las muñecas.

—¿Está seguro de que no puedo convencerlo para que se ocupe de mi caso? —me susurró.

Me rasqué la barba del mentón.

—Creo que así planteado... —razoné, tirando al suelo el sombrero y la chaqueta y aflojándome la corbata.

La agarré por las caderas y amasé aquella carne firme, cálida, de venas azules. Luego bajé la cabeza, le levanté las tetas y le lamí los pezones endurecidos. Estuve succionándoselos durante un buen rato, luego la tumbé en la cama y me subí encima. Aparté las manos y la boca de sus espectaculares pechos sólo el tiempo suficiente para bajarme los pantalones y los calzoncillos y abrirle la falda. Le rasgué los panties, me cogí la polla y la penetré. Me estremecí como Scott en el Polo Sur. ¡Ahí abajo se podía nadar! Tenía la verga como un cañón de siete pulgadas, completamente cargado, pero no encontré ni la más mínima tracción en el coño dilatado de la señora Bisbey. Resoplé, sacudí las caderas y no conseguí absolutamente nada.

—¿Qué tamaño tiene en realidad ese consolador tuyo desaparecido?

—Bueno, su perímetro es de unos ocho centímetros, me parece, y mide aproximadamente unos treinta y siete de longitud. El glande...

—No me lo digas —gruñí—. Me hago una idea.

Era evidente que su juguete de ébano la había echado a perder para cualquier tipo normal, para siempre.

Después de adecentarnos, la señora Bisbey me entregó la foto de su pieza de arte/consolador y me dio instrucciones estrictas de no decir nada de aquello a sus hijastros, ni al servicio ni a los amigos. Me aseguró que ninguno de ellos sabía que existiera su juguetito de treinta y siete centímetros negro azulado, y que de todos modos ninguno era de fiar.

Cómo demonios pretendía la pechugona que recuperara la gigantesca polla sin charlar con ninguno de sus conocidos, eso no lo sabía. Pero consentí en respetar sus deseos, de momento, e hice mi primera entrada a boxes con Sol *Gutsy* Gutzinger. Gutsy era un fisgón chantajista que robaba mascotas de niños ricos para ganarse la vida antes de refinarse. Su especialidad era fotografiar a actores y a actrices dispuestos a pagar para evitar publicidad indeseada acerca de su vida privada. Tenía un expediente y fotos de todas las estrellas de la pantalla, desde Zdeno Adams hasta Alma-May Zbitnew.

Me escurrí por la desvencijada puerta de entrada del hotel cochambroso que era su casa y su despacho, subí los escalones podridos hasta el tercer piso y entré a grandes zancadas en su oficina de mala muerte, espantando sin querer a un viejo que tenía en las manos un libro pesado como si fuera unas Tablas de la Ley recién salidas del monte Sinaí. Gutsy también regentaba una biblioteca pornográfica cuando no se dedicaba a espiar.

—¿Qué sabes de Etta Bisbey? —le pregunté, lanzándole uno de veinte.

Estaba repantigado en un sofá raído, con un bocadillo de jamón en la gorda boca y un botellín de cerveza en la gorda mano.

—¿Esa ramera de las películas que se casó con el barón del petróleo que la espichó?

—Sí, algo así. Vive en...

—Sé dónde vive, detective —gruñó.

Mordió otro bocado, tomó otro sorbo de cerveza y esperó.

Le puse otro de veinte en el regazo.

Dejó el tentempié en la moqueta polvorienta, se desempotró del maltrecho sofá y fue andando como un pato hacia una hilera de archivadores.

—Etta Vlat era su nombre de soltera, si mal no recuerdo, y siempre lo recuerdo todo. —Se inclinó como una torre de puré de patatas, abrió el cajón de la «V» y sacó el expediente «Vlat».

Se irguió con un gruñido, pasó las hojas del expediente y soltó un silbido.

—¡Vale, aquí la tenemos! Cristo, tengo que hacerme una paja con las películas de esta tía...

—¡Vomita, Gutsy! —le espeté, y enseguida lamenté haber usado aquella expresión.

Según Gutsy, Etta Vlat había sido una actriz de teatro y de cine mudo a final de la primera década del siglo y a principios de los años veinte... antes de mi época. Tuvo verdadero futuro hasta que se lio con un tramoyista negro mientras todavía fingía estar casada con otro ídolo de matiné a quien, según los rumores, le gustaba meterla por donde no brilla el sol. El escándalo del aborto y el divorcio hundió su carrera más rápido que si hubiera tenido lepra.

El tramoyista se llamaba Leonard Little y estaba en su sórdido domicilio de Hollywood. Hacia allí encaminé mis pasos a continuación. Diez minutos al teléfono me habían bastado para dar con su paradero en la guía; era el tipo que negaba con vehemencia haber conocido a ninguna Etta Vlat.

Vivía de alquiler en el número 306, un edificio mugriento situado junto a una tienda de licores abandonada, y cuando apoyé la oreja en su puerta de cartón piedra, escuché el inconfundible gruñir y jadear del lenguaje del folleteo. Abrí la puerta de una patada y encendí las luces. Contemplé entonces a un negro dando por culo a una blanca en una cama revuelta. El negro llevaba un pene artificial sujeto a las caderas: una tremenda polla negra de unos ocho centímetros de circunferencia y aproximadamente treinta y siete de longitud.

—¿Qué coño quieres? —me gritó el del pene artificial.

Indiqué significativamente con un dedo su consolador.

Le ordené a la compañera de cama de Leonard que se largara y luego tuve una conversación a puñetazos durante uno o dos minutos con Little, hasta que recuperó la memoria. Etta y él habían sido pareja en los años veinte, hasta que él la había dejado preñada, se había largado y luego intentado chantajearla a ella y al estudio amenazándolos con ir con el cuento a los periódicos. Etta había estado al borde de la muerte a causa del aborto y había recompensado el poco caballeroso comportamiento de Little encontrándolo y cortándole la gigantesca polla con un cuchillo de carnicero.

El tiempo había pasado, las heridas habían sanado y Little se había resignado a vivir sin presumir de miembro viril. Etta, por su parte, había aceptado el papel mejor pagado de esposa.

Entonces, Little había oído que Etta, en tiempos mejores, le había sacado un molde de su prodigioso pene y obtenido un consolador de caucho. Que tuviera el cuchillo de carnicero era una cosa, pero que su antigua amante se diera placer con su polla, de la que lo había privado, era demasiado. Así que había recuperado lo que consideraba que le pertenecía por derecho propio: su virilidad.

Le solté los jugosos resultados de mis pesquisas a Etta, después de que ella me arrebatara el pene de regaliz de las manos y se pusiera a acariciarlo amorosamente, como a un amigo largamente añorado. Cuando finalicé mi monólogo, se apresuró a pagarme, evidentemente ansiosa de reencontrarse con su hermosura negra. Fui hacia la puerta del estudio mientras ella corría hacia el dormitorio, luego volví sobre mis pasos y la espié por la rendija de la puerta, para asegurarme de que no le había vendido un artículo falso, por supuesto.

Se quitó el traje azul a medida y la ropa interior de seda rosa. Desnuda dejaba tan sin aliento como la verdad, con los pechos colgando pesados de la caja torácica. Luego se agachó y sacó algo de debajo de la cama. ¡El cadáver de un negro! No, después de mirarlo con más atención vi que se trataba de una réplica a tamaño natural del eunuco Leonard Little. Incluso reconocí su enorme ombligo. Y mientras miraba atónito el maniquí negro, Etta emplazó la colosal polla en su lugar con un giro de muñeca y Little fue grande otra vez.

Me saqué la mía de los pantalones y me la sacudí como el New Deal* sacudía a algunos tipos de mala manera, mientras Etta se sentaba a horcajadas apresuradamente sobre el doble de su antiguo amante, se abría los labios rosados de la vulva y se dejaba caer sobre el glan-

---

* Se conoce como New Deal a la política intervencionista que puso en marcha Frankin D. Roosevelt para luchar contra los efectos de la Gran Depresión estadounidense. *(N. de la T.)*

de de aquella verga impresionante y, luego, a lo largo de toda su longitud. Gimió de placer cuando la letal polla de imitación se le clavó en el coño chorreante como un estoque en un toro de lidia, hasta que tuvo el tremendo pene hundido hasta las pelotas.

Empalada en aquella espada de ébano, se puso a batir el culo, arriba y abajo. El consolador se le deslizaba hacia dentro y hacia fuera de la apasionante y empapada vagina; los pechos se le bamboleaban cuando se llenaba el deformado coño con aquel pedazo de polla de tamaño industrial. Yo miraba sus humedades y me masturbaba a tal velocidad que no me veía la mano. Cuando Etta gritó llevada por el éxtasis devastador, yo recompensé su espectacular muestra de lujuriosa nostalgia esparciendo semen en la puerta de la habitación y en la moqueta con pegajosa adulación.

La diversión no se había terminado, sin embargo. Se recuperó enseguida de su larga y frenética cabalgada, echó atrás los brazos, se separó las nalgas redondas y se abrió el ano sobre el oscuro y mortal consolador. Me sentí obligado a no abandonar mi lugar de observación hasta el final, y no tardé en añadir más sustancia al contenido empalagoso del expediente del caso que ya había vaciado en el suelo.

El primer pecado mortal

Gwen Masters

Adam y yo habíamos pasado un encantador y relajante día juntos. Teníamos vacaciones pocas veces y muy de tanto en tanto, así que aprovechábamos cada momento disponible. Habíamos conducido todo el día, parando en lugares de interés a lo largo del camino, deteniéndonos a menudo en el arcén para hacer el amor en algún bosquecillo apartado de solitarias carreteras secundarias. A esa hora estábamos mirando escaparates de antigüedades en una pequeña población desconocida.

Habíamos estacionado el coche al final de una hilera de tiendas de anticuario e íbamos caminando. No teníamos intención de comprar, sólo mirábamos por mirar y para estar juntos. A lo largo de la tarde estuvimos mirando postales antiguas y piezas de cerámica, jugando con arcaicos juguetes de madera tallados por las manos de algún hacendoso granjero y mirando viejos edredones. Adam reía entre dientes viendo mi entusiasmo. Ni siquiera nos dimos cuenta de que unas oscuras nubes de tormenta empezaban a ocultar el sol.

Nos sacó de nuestro mutuo ensimismamiento un tendero que nos dijo amablemente:

—Lo siento muchísimo, pero vamos a cerrar.

Adam y yo fuimos de la mano hacia la puerta, desde donde vimos que fuera estaba lloviendo. La tormenta había llegado.

—Espero haber subido la ventanilla —murmuró Adam, mirando la lluvia.

—Ya no hay nada que hacer —dije.

El empleado nos permitió quedarnos un ratito, pero no tardó en ser evidente que el aguacero tardaría en cesar. De hecho, el cielo parecía decidido a descargar toda el agua que contenía.

Acabé por volverme hacia Adam y sonreírle.

—¿Y si corremos bajo la lluvia? —le reté—. Como si fuéramos otra vez niños.

Adam me sonrió a su vez.

—No somos tan viejos, ¿no?

—Anoche no lo parecías.

Se rio.

—¿Por qué no?

Le dimos un cariñoso adiós al tendero y salimos por la puerta, de la mano y riendo tontamente como escolares. Enseguida nos dimos cuenta de que nuestro plan tenía un fallo: no era una lluvia suave. Caían chuzos de punta y las gotas nos golpeaban como piedras las piernas y los brazos desnudos. No tardamos en dejar de reír y nos refugiamos juntos bajo un toldo que apenas nos protegía.

Fue entonces cuando vi la iglesia.

La catedral de San José. Como todas las monumentales iglesias católicas, era imponente y demasiado grande para la pequeña población en que estaba. Un suave resplandor procedente de las vidrieras de colores indicaba que allí encontraríamos cobijo. Los grandes bloques rugosos de la fachada se iban oscureciendo a ojos vistas a medida que absorbían el agua de las nubes. La puerta era enorme, de madera sólida y acogedora.

—¡Adam! —grité por encima del estruendo del agua que se colaba por las alcantarillas—. ¡La iglesia!

No lo dudó ni un instante. Cruzamos corriendo la calle y subimos la escalera, agachando la cabeza para protegernos de la furia del aguacero. Él agarró una de las dos puertas y tiró de ella. Nada. La segunda puerta giró completa y fácilmente sobre sus grandes goznes. El aire fresco salió de la iglesia mientras nosotros entrábamos en el vestíbulo y nos quedábamos mirándonos. El agua goteaba del pelo y la nariz de Adam, le bajaba por el mentón y le caía sobre el pecho. Empezaron a formarse charcos a nuestros pies.

Adam suspiró y meneó la cabeza.

—Míranos —dijo, riendo y separando los brazos del cuerpo. El agua caía de ellos en sonoros goterones: *plop, plop.*

—Al menos aquí no llueve —dije. Adam fue por una toga del coro colgada en un gancho cercano, mirando alrededor para asegurarse de que nadie miraba.

—Chiss —me dijo. Se la cogí y la usé para secarme lo mejor que pude. Adam encontró otra toga y la usó para secarse él. Luego volvimos a colgarlas cuidadosamente de los ganchos. Otra vez bastante presentables, fuimos del vestíbulo a la nave.

Nos quedamos de pie, en silencio, sobrecogidos por la fuerza del lugar. Las bóvedas estaban a tres pisos de altura, con la crucería de sólidas vigas de madera. Cubría el techo un fresco de la Virgen María, y los vitrales, a cada lado, se elevaban hasta una altura de dos pisos antes de juntarse con el fresco en una cacofonía de colores de maestría incomparable. Incluso los bancos eran preciosos, sin duda, de madera cara tallada a mano. Tres escalones conducían al enorme altar. Un imponente crucifijo colgado era el punto focal de la monumental iglesia.

Adam, un devoto católico a veces, sumergió los dedos mecánicamente en el agua bendita que había en la parte posterior de la nave e hizo una genuflexión. Murmuró algo que no les sonó de nada a mis oídos baptistas sureños. Tenía los ojos muy abiertos cuanto entró en la iglesia.

—Es bonita, ¿verdad? —susurró.

—¡Y tanto! —convine.

—Sentémonos —dijo.

El banco era sorprendentemente cómodo. Adam se sacó el rosario del bolsillo y se puso a jugar con él, dándole vueltas mientras yo apoyaba la cabeza mojada en su húmedo hombro. No hablábamos, nos contentábamos con mirar lo que nos rodeaba todo el tiempo posible. Yo escuchaba los latidos de su corazón y el silencio.

—Aquí no hay nadie, ¿no te parece?

—Seguro que alguien ronda cerca. —Le acaricié el muslo repetidamente. Adam pasaba en silencio las cuentas del rosario mientras le acariciaba la pierna. Tal vez fuera por mi vena pagana, que el pastor baptista no había conseguido erradicar, pero fui poniéndome caliente con la mera idea de follarme a Adam en una iglesia. No sé cómo se me ocurrió aquello: a lo mejor me vino de la tabla pulida con una larga frase en latín y, debajo de ella, otra: «Haced esto en conmemoración mía.»

—¿Adam?

—Mmmmm. —Parecía casi dormido.

—Te necesito.

—¿Para qué?

—No, tonto, te «necesito».

Me miró. Le miré a los ojos, asegurándome de que entendía a qué me refería exactamente.

—Necesito que me folles en esta iglesia.

Adam se puso a reír. Yo no reía. Enseguida dejó de hacerlo.

—Lo dices en serio —dijo.

En respuesta, le quité el rosario de la mano y se lo apreté contra la entrepierna. Él se empalmó de inmediato a pesar de su mirada de asombro. Moví las cuentas suaves por encima de sus pantalones cortos, luego se las deslicé por debajo de la pernera hacia las pelotas. Adam puso una mano sobre la mía para tirar y apartarla, pero dudó cuando le subí las cuentas por la polla, cada vez más dura.

Le rodeé el pene con la mano, con el rosario enlazado entre los dedos, de manera que lo masturbé con él. Soltó el aire que había estado conteniendo, gimiendo bajito en mi cuello y abriendo la boca para morderme. Solté un grito ahogado de placer y la humedad empezó a mojarme los muslos.

—Esto no está bien —protestó sin convicción.

—¿Eso crees?

Deslicé la mano hacia la punta de su larga polla y empujé una cuenta del rosario hacia el meato. Empujé con más fuerza, hundiéndosela un poco. Adam sacudió las caderas y encerró mi mano en un puño, manteniéndome ahí. Hice girar la cuenta y él gritó, ahogando el grito contra mi cuello. Fui metiéndole y sacándole la cuenta una y otra vez del agujerito del glande, follándomelo con el frío y duro guijarrito.

De repente, Adam me apartó la mano de una sacudida. Me arrastró violentamente al pasillo. Intentó empujarme hacia el suelo enmoquetado y me resistí, sacando el rosario de un tirón de sus pantalones y apartándome de él hacia un lado. La pila de agua bendita me devolvió mi reflejo. Sus ojos iban de mí al rosario mientras yo sumergía las cuentas en el agua. Adam se quedó con la boca abierta de la sorpresa. Caminé hacia él y le bajé los pantalones, dejándolo expuesto a las caras angelicales que miraban hacia abajo desde los muros ornamentados.

—¿Qué estás haciendo? —me preguntó Adam entre dientes, frenético en aquel silencio.

Estaba envolviéndole la polla con el rosario. Gimió sonoramente cuando tiré de él para apretarlo, ajustándoselo alrededor de la punta y enrollándoselo hacia abajo como un condón. Adam soltó un grito ahogado cuando las cuentas rodaron hacia la base de su polla.

—Te quiero tan duro como puedas estar —le susurré, inclinándome hacia delante para sorber el agua bendita que le goteaba de los huevos.

Adam elevó la polla hacia mi boca, se la agarró con la mano y empezó a acariciarse.

—¿Masturbarse no es pecado? —le pregunté.

—Eres tú quien me tienta —se defendió, y se apretó la polla mientras yo le chupaba una pelota. Pasé la lengua por ella y la succioné, sintiéndola rodar entre mis labios. Adam gemía bajito y el sonido de su pasión resonaba en los altos techos.

»Alguien puede venir y vernos —protestó.

—Es probable que alguien lo haga —le respondí. La polla de Adam se puso todavía más dura. Sabía lo que le gustaban los lugares públicos. Me encantaba la inmoralidad de practicar el sexo en una iglesia.

»¿Eso te gustaría? ¿Que viniera un cura y te pillara mientras te follo? —me mofé de él. En respuesta, asió las cuentas del rosario y tiró, apretándoselo más.

»¿Te gustaría enseñarle a una monja mojigata y recatada cómo es una polla de verdad? —le pregunté. Adam miró hacia abajo. Tenía los ojos ardientes de deseo.

»¿Qué te parecería enseñarle lo que es un verdadero polvo?

Me levanté, le agarré la polla con la mano y tiré de él. Adam me siguió obediente hasta el altar, y mientras me volvía hacia él, hundió las manos en mi pelo.

—¿El altar? —me preguntó, con la voz espesa de expectación.

Me arrodillé, lo acogí en la boca y lo hice bajar con una larga caricia. El techo nos devolvió el eco del suave grito de Adam. Chupé hasta que las cuentas del rosario dieron vueltas en mi boca. Después empecé a deslizar la boca arriba y abajo, chupándole el glande, lamiendo las primeras gotas de humedad salada y bajando para saborear lo que quedaba de agua bendita entre las cuentas del rosario.

Finalmente llevé los labios hasta la base de su polla y los cerré sobre el rosario. Atrapé las cuentas con los dientes y las deslicé despacio hacia arriba, acariciándole con ellas mientras se las quitaba. La tenía más gorda que cuando se la había envuelto en el rosario, de manera que me costó un poco sacárselas. Le apretaban mucho la verga.

Se las quité y me las guardé en la mano. Con la lengua le toqué ese punto situado justo debajo del glande. Le mordisqueé con suavidad. Tomé las cuentas húmedas del rosario y se las deslicé por las pelotas hasta detrás, hasta el ano.

Adam se envaró. Deslicé las cuentas arriba y abajo sobre el agujero del ano, dejando que las tibias cuentas lo acariciaran, permitiéndole hacerse a la idea. Le chupé a fondo la polla y lo aparté el tiempo suficiente para susurrarle:

—Relájate.

Empujé el rosario contra sus nalgas. Presioné una cuenta contra su ano apretado. Adam soltó un quejido y gimió con una inspiración profunda, dejando que su cuerpo se relajara tanto como podía. Empujé con suavidad y la cuenta desapareció en el ano mientras él apretaba.

—¡Oh... oh, Dios! —gimió.

Había olvidado por completo permanecer en silencio. Deslicé otra cuenta hacia su ano apretado y empujé. El cuerpo la succionó. Yo le pasaba la lengua por la polla en largas caricias y se la chupaba con fuerza cada vez que repetía la acción con una cuenta de aquel rosario. Adam no sabía si meterme la polla hasta la garganta o empujar el culo contra mi mano. Continué hasta que de su cuerpo sólo sobresalía la pequeña cruz del rosario.

Adam bajó la vista para mirarme. Tenía los ojos empañados de placer.

—Eres... Eres una pagana —murmuró, jadeando.
—Tú eres católico —le dije—. ¿Qué es peor?

Adam me dedicó una sonrisa sarcástica, torcida.

Me levantó, agarró mis pantalones cortos y tiró de ellos sin miramientos. Las costuras se rasgaron cuando me los bajó. Me libré de ellos de una patada. No llevaba ropa interior. Adam me llevó hasta la mesa de las ofrendas y me dejó sobre la fría madera pulida. Se encaramó a ella. Las Biblias y unos cuantos cirios cayeron al suelo con un ruido sordo. Me levantó, me separó las piernas y me metió la polla con un movimiento fluido.

—¡Adam! —lo dije en voz baja, pero a pesar de todo resonó en el techo de la iglesia. Adam empujaba con fuerza y hasta el fondo. Ambos estábamos a punto de llegar. Adam paró, con la polla muy dentro de mí.

—Mira —me dijo.

Miré hacia donde me indicaba. Estaba mirando el magnífico crucifijo de la pared.

—Voy a atarte a eso y te haré llegar ahí.

Se puso a meterla y a sacarla con más y más fuerza. Deslicé una mano por su espalda hasta dar con la cruz que le sobresalía del ano. Llegué con un gemido grave y profundo. Me mordí el labio para no gritar. Miraba el mural del techo, observando los ángeles que se sostenían protectores en las alturas.

Cerré la mano sobre la cruz y empecé a tirar. Poco a

poco las cuentas fueron saliendo del apretado agujero, una a una.

—¡Dios mío! —gemía él.

Me ensartó violentamente, levantándome de la mesa, y yo tiré fuerte del rosario. Su polla vibró en mi interior y volvió a gemir, esta vez con las manos hundidas en mi pelo. Llegó al clímax mientras le sacaba el rosario. Pareció contener la respiración una eternidad y luego tomó aire a grandes bocanadas y se derrumbó sobre mí.

—Dios mío, Dios mío —decía repetidamente, como si rezara.

Adam me levantó de la mesa y me llevó hasta la parte anterior de la iglesia. Se subió a la plataforma que sostenía el enorme crucifijo. Repentinamente dudé, fue sólo un momento de intensa duda. Aquello estaba mal, ¿no? Todos los pensamientos huyeron de mi mente cuando Adam quitó una larga faja púrpura del púlpito contiguo y la pasó por el brazo de la cruz y luego alrededor de mi muñeca. Quitó otra faja e hizo lo mismo con el otro brazo. Luego me desabrochó la blusa y retrocedió un paso para mirarme.

Estaba atada a la cruz, con los pies en la plataforma de debajo. Notaba la madera rugosa en la espalda. Adam me tocó con un dedo mientras yo miraba hacia fuera por encima de las hileras de bancos. Me deslizó el dedo hacia abajo por el cuerpo, rodeando ambos pezones antes de pasar a la barriga y al vello púbico. Se detuvo para pasarme la yema del pulgar por las caderas antes de volver a deslizar la mano hacia arriba.

—Por favor, Adam —rogué.

—Tengo sed —dijo suavemente.

Lo miré. Me miró tranquilo, tocándose.

—¿Me alimentarás? —me preguntó.

Adam se arrodilló entre mis muslos y me los separó. Me tocó el clítoris y me abalancé hacia él. Las ligaduras de las muñecas se me clavaron con un dulce y suave dolor. De inmediato, Adam sustituyó los dedos por la lengua. Me lamió despacio el clítoris y luego bajó la boca para profundizar en mi coño.

—Dame mi comida —murmuraba—. Hazlo, amor. Dámela. Sé que puedes.

Incliné la cabeza hacia atrás. Me di un golpe contra la cruz y vi las estrellas. ¡Dios, qué placer! Apreté los músculos pélvicos con fuerza y rítmicamente. Adam gruñó complacido. El sonido retumbó en la iglesia. Recogió la humedad con la lengua. Lamió y chupó y jugó hasta que me cedieron las rodillas.

Grité cuando con la lengua me tocó el clítoris y empujó con fuerza. Me retorcí ante él. Lamió intensamente y luego chupó, alternativamente, llevándome al borde del orgasmo.

—Llega para mí —murmuraba—. Llega por mí en esta iglesia. Llega por mí en este crucifijo. Pero mientras lo haces, quiero que reces el rosario.

—¡Oh, Dios mío! —Estaba al borde del orgasmo.

—Santa María... —empezó.

—San... San... ta María, llena eres de gracia...

Cerró los labios alrededor de mi clítoris. Apretó los dientes y de repente me quedé sin respiración. Mordió despacio, luego fuerte, atormentándome con las posibilidades. Me encontraba en una fina línea entre el dolor y el placer.

Adam mordió más fuerte.

Llegué salvajemente, con el cuerpo convulso en la cruz, superada por el placer del dolor. Agarré fuerte los brazos rugosos del crucifijo y se me clavó una astilla afilada en un dedo. El cuerpo me latía. Gemí inadvertidamente mientras el orgasmo remitía.

Adam me besó mientras soltaba las ataduras. Caí en sus brazos y me llevó desde el crucifijo, bajando la escalera y por el altar como a una recién casada.

—¿Adónde vamos? —le susurré.

Adam me miró y sonrió.

—Sé lo que quiero, cariño.

Se paró frente al altar y abrió un cajoncito de debajo de la mesa. Miré hacia abajo mientras me dejaba de pie en el suelo, y reí al ver lo que sacaba.

Era un cáliz sacrificial.

—¿Bromeas? —dije.

Me miró con la expresión más seria que pudo componer.

—Te hace falta comulgar.

Lo miré fijamente. Asintió. Me hinqué de rodillas ante él.

Al primer lametazo, Adam se arqueó. El segundo le hizo gemir. No había llegado mientras me lamía a mí en la cruz, y la dulce tortura que me había infligido le había dejado más que dispuesto. Apreté los labios alrededor de su polla y empecé a lamer el punto sensible situado directamente debajo del glande. Le pasé la lengua de un lado al otro. Luego lo mordí con cuidado.

Jadeó y empezó a retorcerse con mis consuelos. Le agarré las pelotas y casi se rio cuanto notó las frías cuentas del rosario contra la piel suave. Le pasé el rosario alrededor de un huevo y tiré suavemente, separándoselo del otro y pasando la lengua alrededor de éste antes de metérmelo en la boca. Todo el cuerpo de Adam se sacudió y apreté el rosario mientras acercaba una mano para acoger el escroto.

Sosteniéndole los huevos así, empecé a masturbarlo. Enérgicamente. Apretaba la mano al subir y la aflojaba al bajar. Despacio fui sacándomelo de la boca y le pasé el rosario alrededor de ambos huevos y lo tensé. Gritó. Le acariciaba con energía y le pasé la lengua por el glande antes de volver a metérmelo en la boca.

—¡Oh, Dios! Necesito llegar.

Tiré hacia abajo con más fuerza del rosario y él aulló. Me metí la polla en la boca hasta la mitad y tiré del rosario, cuyas cuentas resbalaron y dieron vueltas alrededor de sus pelotas. Cuando le di un intenso chupetón ascendente, Adam empezó a temblar. Gritó cuando llegaba.

Acogí la primera descarga en la boca, luego rápidamente le apreté el capullo, fuerte. Adam gimió de placer y de dolor. Separé la boca de él, lamiendo suavemente y le solté las pelotas. Tenía la polla a punto de reventar. Le apreté el cáliz contra el glande y le dejé ir. Descargó unas cuantas veces más y llenó la copa hasta el borde.

—Uf —murmuró, aferrándose a mi hombro para evitar caerse.

Levanté el cáliz y sonrió.

—¿Es para mí? —le pregunté. Negó con la cabeza.

—¿Para ti? —Volvió a negar.

»Vístete —fue cuanto dijo.

Me vestí despacio delante de él mientras se subía los

pantalones cortos. Fuimos hasta el fondo de la iglesia. Adam me quitó el cáliz de la mano. Con una sonrisa traviesa se paró delante de la pila de agua bendita.

—¡No serás capaz! —dije conteniendo la respiración, asombrada.

Adam me guiñó un ojo. Volcó el cáliz y vertió su semen en el agua. La revolvió con un dedo y me lo ofreció para que se lo chupara.

Yo me había quedado sin habla. Miré el agua que le goteaba del dedo y me acerqué despacio a él, como en un trance. Lamí el agua bendita, mancillada, de su mano.

—Perdóname, Padre, porque he pecado —entonó despacio, y aquello rompió el hechizo. Me reí a carcajadas. Adam abrió la puerta y se volvió a mirarme torciendo el gesto con ironía.

Había dejado de llover.

—Iremos ambos al infierno, lo sabes, ¿verdad? —me dijo muy en serio, y yo no pude hacer otra cosa que echarme a reír de nuevo. Mi voz resonó en el techo abovedado de la iglesia.

LA SEGUNDA PARTE DEL PARTIDO

Phoebe Grafton

Para ser justos, Gerald es un buen presidente del club de tenis. Es capaz de dedicarle un montón de tiempo libre; tal vez porque nadie le pide que juegue. No, a menos que esté realmente apurado. La mayoría de las veces los que están tan apurados simplemente cancelan la reserva.

Verás, desde el punto de vista tenístico, Gerald hace tiempo que caducó.

Durante la quincena de Wimbledon, me senté en el borde de mi asiento, con las manos sudorosas, el cuerpo en tensión, babeando por aquellos viriles y veloces pedazos de tíos. Cuando aceleran por la pista con vigor y determinación sólo interrumpen mis chillidos de placer los discretos ronquidos de Gerald en su silla de la esquina.

Gerald solía ser bueno... bastante razonable. En honor a la verdad.

Quedó en segundo lugar en el *play-off* contra Budleigh Salterton hace unos cuantos años.

Lamentablemente, el presupuesto no alcanzaba para

el trofeo del segundo, así que la hazaña pasó desapercibida.

No se me puede acusar de no haber apoyado demasiado. ¿No había aceptado el trabajo como secretaria de los socios?

Es un trabajo a tiempo completo que me exige poner a prueba a quienes aspiran a hacerse socios del club.

No es que me considere la mejor jugadora, entiéndelo. Al contrario, y no tengo ninguna prueba de mi pericia. El trofeo que gané en el *play-off* contra Budleigh Salterton se esfumó. Gerald aseguraba que se lo habían llevado los ladrones que entraron en la sede del club. Curioso. No desapareció nada más.

Los nuevos socios del club suelen ser parejas recién llegadas al pueblo. De vez en cuando, algún hombre sin compromiso se interesa por asociarse.

Entonces debo jugar con él un partido de prueba. Debo decir que algunos de los más activos socios recientes tardan bastante en ponerse un poco en forma. En tales ocasiones, las sesiones de prueba duran años. [En mi defensa puedo alegar que eso da algo que hacer en los larguísimos inviernos que en esos días nos parece eludir.]

No estoy segura de que Gerald confíe en mí por completo. Eso viene de la época en que Lorenzo era miembro del club. No hay muchos Lorenzos en nuestro pueblo.

Era el típico suramericano. Guapo, moreno y encantador; ardientes ojos castaños incluidos. A Gerald le cayó mal en cuanto lo vio. Eso fue hace tiempo, en la época en que Gerald era jugador.

Mi cónyuge jura que ese desagrado no tiene nada que

ver con el hecho de que Lorenzo solía dejarlo muerto cada vez que jugaban.

Lorenzo y yo a veces formábamos pareja de dobles mixtos. Entonces solíamos dejar muerto a Gerald en los partidos del club. El pobre Gerald no estaba a la altura de Lorenzo. Se aplicaba en la pista tanto como era posible cuando jugábamos. Desde el punto de vista de una mujer, los tipos como Lorenzo se cruzan raramente en la vida de una. Dejar que uno se te escape de las manos es condenarte a un arrepentimiento duradero.

Sin embargo, llevar a cabo la clase de acción drástica necesaria cuando se presenta una oportunidad como la de Lorenzo implica que la fuerza de voluntad no tiene nada que ver en ello. Una chica tiene que hacer lo que tiene que hacer.

Así que cuando Lorenzo y yo salimos a jugar un partido los dos fuera de casa, Gerald no se puso demasiado contento. Mucho menos contento estuvo cuando volvimos de madrugada.

Que le explicara que el coche de Lorenzo se había averiado no apaciguó al airado Gerald. Probablemente tuvo algo que ver el hecho de que encontrara luego una huella de mano aceitosa en mi sujetador. Se pasó días sin decir ni pío. Sin embargo, a toro pasado, aquello me dejó de Lorenzo, del apasionado Lorenzo, un recuerdo nostálgico.

A principio de temporada llegó una solicitud de Paula Spence. Gerald comentó que tenía una letra espantosa. Le mandó una respuesta estándar, citándola para un partido de prueba para el sábado siguiente. Daba igual el tiempo que hiciera porque no había ninguna otra pista reservada para ese día.

Hay un corto paseo hasta el club, así que diez minutos más tarde doblé por la calle que lleva a las pistas y de repente me quedé como un pasmarote.

En una especie de doble toma de esas que tan bien quedan en las películas, reparé en el elegante Jaguar estacionado ante la sede del club. Quien estaba de pie a su lado acaparó toda mi atención.

Las piernas me temblaron cuando me sonrió. ¿Se había equivocado Roger Federer de camino yendo hacia Queens?

Me costó articular palabra. Del pretendido «buenos días» me salió un «bunos dis...»

Volvió a sonreír.

—Espero que éste sea el lugar del partido de prueba.

—Creía que eras una mujer. En el formulario ponía Paula.

Una observación estúpida. Hubiera podido recorrer kilómetros antes de encontrar a alguien menos femenino.

—Lo siento, mis pacientes siempre se quejan de mi letra. Soy Paul, de hecho.

Nos estrechamos la mano. Sus firmes y fuertes manos y sus ojos de un azul intenso afirmaron mi determinación. En efecto, aquél iba a ser un partido de prueba muy largo.

Me alentó que me mirara apreciativamente cuando me quité el anorak. La falda corta de tenis no me afeaba en absoluto; tampoco lo hacía el top de tenis ajustado, que me marcaba una generosa delantera y completaba, esperaba yo, una figura atractiva. El tiempo lo diría.

Empezamos a pegarle casi enseguida. Era evidente que Paul estaba oxidado. Pero el juego era lo suficientemente vigoroso para hacernos sudar un poco.

Sólo cuando paramos, una hora y cuarto después, caí en la cuenta de que incluso el sudor tenía sus ventajas.

Cuando volvíamos al club, Paul no podía apartar los ojos de mi agitado pecho.

Una vez en el interior, la razón se me hizo evidente. Una ojeada en el espejo me demostró que el esfuerzo me había empapado de sudor el sujetador y la camisa, que se habían vuelto casi transparentes. Los pezones se me marcaban duros y firmes.

Con bebidas de la máquina nos sentamos frente a frente en el salón social, hablando de trivialidades. Estaba sentada con los muslos un poco separados porque me había olvidado de que llevaba falda corta. Paul no lo había olvidado.

Noté sus ojos como una caricia. Hubo un largo silencio.

—¿Tienes espíritu deportivo? —me preguntó.

—Depende de a qué te refieras.

—¿Qué te parecería un pequeño reto? Como que juguemos un partido y el ganador se lo lleve todo, digamos.

La boca se me secó.

—¿Se lo lleve todo?

Mientras formulaba la pregunta ya sabía la respuesta. Me sonrió de frente.

—Quien gane escoge cualquier cosa que él... o ella quiera, ¿vale?

Intenté parecer osada.

—Bien —le dije—. Vamos allá.

Y jugamos. Para ser honestos, él seguía oxidado. Pero a pesar de todo se las apañaba para moverse por la pista mucho más rápido que antes. Paul cometió demasiados errores no forzados. Yo me tomé mi tiempo para perder.

Pareció infantilmente complacido. Había ganado en dos sets. Cuando volvimos a la sede del club, tenía la camisa pegada al cuerpo, algo que a Paul no le pasó desapercibido.

Nos sentamos y tomamos otra bebida de la máquina. No tardé en refrescarme, pero supuse que iba a tardar mucho más en calmarme. Mientras estaba sentada frente a Paul, aparentemente tranquila, mi cuerpo pedía que entrara en acción... y exigía su recompensa.

Acercó su silla. Posó ligeramente las manos en mis rodillas.

—He ganado —dijo simplemente.

—Lo sé —le respondí con la voz espesa, expectante—. ¿Qué tengo que hacer?

Me miró a los ojos, sonriente.

—Ayúdame a elegir el premio.

Y mientras lo decía sus manos se deslizaron suavemente y sin prisas hacia la cara interna de mis muslos. Paul era muy atrevido para ser médico. Me refiero a que si tenía previsto realizar aquel examen, al menos podría haberme pedido permiso antes. Se lo hubiera dado, desde luego, pero eso es otra cosa.

Estos pensamientos fugaces tenía mientras sus manos expertas se colaban por debajo de la falda corta para llegar al lugar que ya me cosquilleaba.

No tenía intención de ser una paciente difícil. Levanté el culo de la silla. Mis ajustadas braguitas de tenis ofrecieron escasa resistencia.

Me las bajó, las sostuvo casi con reverencia un instante y luego las lanzó despreocupadamente por encima de un hombro.

Para entonces yo ya estaba perdida, porque sus cariñosas manos habían reanudado su exploración. Sin barreras, no tardaron en descubrir mi premio.

Me estremecí con desacostumbrado deseo mientras sus dedos sensibles jugaban juegos traviesos.

Separando los labios encontró el clítoris, que ofrecía una húmeda bienvenida a posteriores contribuciones.

Arqueé el cuerpo, moviéndome hacia delante para que sus sondeadores dedos tuvieran más facilidad para entrar. La impaciencia de nuestro mutuo desasosiego fue inmediata cuando mi cuerpo envió señales urgentes para conseguir una mayor proximidad.

Cuando Paul se levantó, parecía decididamente desasosegado. Por un momento pensé que llevaba una raqueta de repuesto en el bolsillo.

Lo ayudé a liberar el miembro atrapado.

Cuando apareció a la vista me di cabal cuenta de la fuente de su inquietud. Orgullosa y espléndida. Desde luego no era una raqueta de repuesto; no obstante, iban a hacerme falta las dos manos para dominarla.

Nuestras prendas fueron escalones en el camino para avanzar hacia el viejo sofá del rincón del club. Si el acercamiento fue lento, al menos fue un viaje de descubrimiento. Paul aprendía la sensibilidad de cada pezón mientras se endurecía en respuesta a la atención de sus cálidos pero ávidos labios.

Yo, por mi parte, estaba fascinada por la insistencia de su virilidad apretada contra mí.

Como he dicho, Paul la tenía grande, enorme y maravillosamente grande, y mi cuerpo estaba impaciente por devorar su vibrante verga.

El fuego de mis entrañas sólo podía extinguirlo la cópula, aquella sensación profunda de plenitud que sólo la máxima penetración aporta.

Derribándolo sobre el sofá me apreté contra él. El olor a sal y a sudor de hombre que emanaba de él avivó las llamas de mi deseo. Lo saboreé recorriendo con los labios el camino de su vientre velludo y me detuve junto a la dureza de su polla desenfrenada.

Sostuve el saco inferior con ambas manos y se lo masajeé con suavidad. Paul gimió complacido.

Pasé la lengua ligeramente a lo largo de su inquieta polla lamiéndosela alrededor y hacia su exigente glande.

Me lo metí en la boca, moviendo los labios arriba y abajo, y entonces me di cuenta de lo cerca que estaba Paul de llegar al orgasmo.

Si Paul iba a la suya, ése sería su premio, porque no estaría preparado para lo que sucedería a continuación.

Montada a horcajadas sobre él, bajé hacia su ansioso pene. Abrió los ojos de la sorpresa. Sin ninguna resistencia, lo guié más allá de mis acogedores labios húmedos, más y más profundo dentro de mí.

Luego bajé el cuerpo por completo y me quedé completamente empalada.

Si a Paul le sorprendió momentáneamente mi maestría en el sexo, se recuperó enseguida.

Asiéndome por las nalgas me empujó más hacia abajo alrededor de su instrumento. La torturada estructura del viejo sofá emitió chirridos de protesta.

Ocurrieron tres cosas simultáneamente. Paul llegó,

yo llegué y el sofá se fue. El hundimiento del mueble sólo sirvió para que Paul se me metiera con más firmeza dentro. ¡Qué rico!

Noté el chorro que su polla bombeó en el centro mismo de mi ser.

En el orgasmo convulso que me recorrió se me contrajeron los músculos ordeñando su vara seca.

Por fin habló.

—Supuestamente iba a ser mi premio, creía yo —me dijo.

—¿Has quedado complacido? —le pregunté.

Volvió a dedicarme una de sus sonrisas infantiles.

—No del todo. Bueno, lleguemos a un acuerdo. Lo llamaremos amor-40.

Descansábamos en los brazos del otro entre los restos del sofá. Satisfecha, me pegué a él mientras se movía inquieto.

—Recuerda las astillas —le dije.

Más tarde volvió a moverse.

—¿Te apetece otro partido?

—Mientras no sea de tenis...

Me acercó a él.

Me tendí debajo de él, lista para más, zambulléndome en los ojos azul marino de aquel magnífico espécimen de virilidad.

Con un beso lo obligué a parar un momento.

—¿No podríamos buscar un lugar un poco más cómodo? —le pregunté.

Así que fuimos de la mano a los vestidores. Están bastante bien arreglados, con taquillas, una camilla de masaje acolchada, bañeras e inodoros.

Paul me llevó a la camilla de masaje y me tumbó en ella.

Llenó una bañera y me dejó para volver al cabo de un momento con jabón, toalla y esponja.

Se me acercó enjabonando la esponja. Me separó los muslos para lavarme; primero me enjabonó y luego dejó la esponja a un lado.

Sus manos suaves me recorrieron fluidamente la parte inferior del cuerpo. Sus dulces dedos manipuladores volvieron a provocar los labios de mi receptiva vagina, rodeándolos.

Con una presión imperceptible me masajeó el clítoris con las yemas hasta que elevé el cuerpo, suplicante, deseosa de que sus dedos fueran más intrépidos.

Sabía bien lo que yo necesitaba cuando volvió a dejarme, sólo para regresar segundos después para enjuagarme y quitarme el jabón. Me secó con leves toques, se situó en el extremo de la camilla de masajes y tiró de mí hacia sí.

Cuando tuve las piernas colgando inútiles y quietas más allá del borde de la camilla, se situó entre mis muslos tentadores.

Paul daba esos besos que me encienden cualquier parte del cuerpo. Intentar avivar la parte de mí que ya era un caldero en ebullición de deseo era perder la apuesta de antemano.

La cara interior de los muslos se movía en contacto con sus labios, primero suaves como alas de mariposa hasta que subieron más. Apartando los labios de mi vagina onduló la lengua para provocar su interior estimulándome el clítoris.

Noté los espasmos de placer recorriéndome. Me estiré y lo agarré de la cabeza para acercarlo más.

Su lengua hurgó más profundamente en mi interior mientras con su boca sensible buscaba extraer la plenitud de mi pulsante vagina.

Paul no tuvo que esperar mucho. Lo rodeé estrechamente con las piernas obligándolo a permanecer dentro de mí. Arqueé el cuerpo en el espasmo de liberación eufórica y hermosa que sólo un estremecido orgasmo es capaz de brindar.

Yacía agotada, pero preparada, cuando se puso de pie con su enorme polla provocativa en erección.

—Tu premio —murmuré.

—Llamémoslo *deuce** —dijo.

Se quedó quieto de repente. Noté que tenía todo el cuerpo en tensión.

Mirando por la ventana, dijo:

—¿A quién conoces que conduzca un cinco puertas verde?

—A mi marido —le aclaré.

Paul podía estar oxidado jugando al tenis, pero ya iba vestido y tenía una mano en la puerta cuando yo todavía intentaba reunir mi ropa. Se quedó un momento de pie en el umbral.

—¿Qué hay de mi solicitud de entrar en el club? —me preguntó.

—Tienes la entrada asegurada —le respondí.

—No te arrepentirás —me dijo con intención.

Eso no hacía falta que me lo dijera.

* En tenis, cuarenta iguales. *(N. de la T.)*

Paul abrió la puerta y salió al pasillo. Saludó con un gesto a Gerald cuando se cruzó con él.

En los segundos que me quedaban me di cuenta de que lo llevaba todo puesto menos las braguitas. Las encontré allí donde Paul las había lanzado despreocupadamente.

Hice un gurruño con ellas, me las puse a la espalda y salí al encuentro de Gerald. Rogué fervientemente que una ráfaga de caprichoso viento no me levantara la falda y se viera que el tenis no era el único juego al que habíamos jugado.

Gerald no pareció notar mi apuro. Estaba demasiado ocupado mirando el Jaguar lustroso que bajaba por la calle.

—¿Quién era? —me preguntó.

—Se llama Paul Spence.

—¿No se suponía que era una mujer?

—Perdón —le dije—. Se me ha olvidado preguntárselo.

—¡Qué graciosa...! De todos modos, ¿qué tal es?

Apreté todavía más las braguitas. Una malintencionada brisa soplaba fría donde no tenía que soplar.

—No está mal, un poco oxidado pero estoy segura de que su juego mejorará.

—¿Algún punto fuerte? —insistió.

—Un buen golpe de derecha.

—¿Qué me dices de su saque? —me preguntó Gerald.

—*Ace** —le respondí.

---

* En tenis, punto obtenido directamente en el servicio sin que el contrincante pueda devolver la bola. *(N. de la T.)*

Cita en la librería

N. Vasco

—¿No te parece increíble que hayan pasado cinco años? —dijo Anna, con los elegantes dedos alrededor de la ancha mano derecha de Héctor. Nunca se cansaba de admirar su fuerte mandíbula y sus románticos ojos hundidos.

—Parece que fue ayer —respondió Héctor, mirando los oscuros ojos ardientes de ella, que reflejaban la llama de la única vela de su mesa. Su mirada vagaba por el mohín de sus labios y el cuello de alabastro mientras admiraba su cuerpo delgado pero hermosamente torneado dentro del vestido negro que lucía aquella noche. Su tentador escote y sus suculentos pechos asomaban con cada inspiración.

Ocupaban una mesa de bancos corridos en el rincón de un restaurante de lujo, a la vista de los ocupados camareros y entre las conversaciones de los comensales. Ella le puso un paquetito delante. Las uñas largas, de un rojo brillante, hacían juego con el color del papel de regalo.

A él le encantaban sus manos. Hacía poco que había

empezado a llevar un anillo en cada dedo, lo que añadía un toque exótico a su imagen. Héctor sonreía cuando desenvolvió el paquete, un libro de poemas eróticos de la dinastía Sung. Se llevó la mano de Anna a los labios y le depositó un beso suave en cada dedo.

Ella se le acercó y le susurró al oído:

—Mira dentro.

Él abrió el libro y encontró un delicado tanga entre sus páginas mientras Anna se apretaba más contra él y cubría sus labios con los suyos. Le metió la lengua en la boca de un modo rápido y apasionado al tiempo que sacaba un pie delicado del zapato de tacón de aguja y le acariciaba con él la polla.

Se abrieron. Héctor suspiró con placer y la oyó reír.

—¿Qué es eso tan gracioso? —le preguntó.

—Ayer oí a una mujer decir que la primera vez se supone que no es... satisfactoria —respondió ella.

Entonces quien rio fue Héctor.

—De veras —continuó ella, acariciándole las piernas con el pie desnudo de un modo que le daba escalofríos en la columna—. Decía que la primera vez suele darse cuando dos personas no se conocen realmente todavía. Se supone que es un momento incómodo.

—A lo mejor para algunos —respondió él posando una mano en su muslo. El corte de la falda, hasta arriba, le permitía sentir la calidez de la piel debajo de sus medias de seda negra. Ella se le arrimó más todavía, apoyando los pechos en su tórax mientras él se los apretaba firmemente pero masajeándolos, capaz sólo de oír los gemidos de ella y recordando la primera vez que habían estado juntos.

Fue una tarde lluviosa de sábado. Héctor había llegado a la biblioteca del campus y había visto por vez primera a Anna.

No solía ir allí los fines de semana, porque prefería llevar a cabo sus investigaciones cuando había alumnos alrededor para reírse por lo bajo a su espalda llamándolo Doctor Amor.

Era cierto que había impartido un curso de sexualidad humana, pero como no perdía ocasión de señalar, sus clases siempre estaban llenas a rebosar cuando mostraba imágenes hindúes o japonesas para ilustrar técnicas prohibidas en algunos estados.

Vio a Anna sentada detrás de la mesa de consultas, tomando notas de un libro, con el pelo negro brillante sujeto en un rodete apretado. La blusa blanca de cuello alto de estilo victoriano y las gafas de montura de concha no desentonaban con sus morenos y exóticos rasgos. De hecho, su modo de arreglarse conservador complementaba su atractivo sexual y, antes de que pudiera controlarse, Héctor se encontró fantaseando acerca de saborear sus labios sensuales.

De repente, ella fijó los ojos oscuros y almendrados en él una milésima de segundo antes de volver a centrarse en el libro.

No pareció haberlo visto en absoluto.

«Más vale que me ponga a trabajar», pensó Héctor. Encontró una mesa libre en la zona de lectura y sacó sus notas.

Al cabo de unos minutos se distrajo con el ruido de una silla al ser apartada de la mesa y un taconeo.

Se le hizo un nudo en la garganta cuando Anna pasó

caminando junto a su mesa. La falda gris, ajustada y abotonada a un lado, le marcaba la sexy figura; pero fueron sus zapatos negros de tacón los que originaron un crecimiento en sus pantalones como no le había sucedido desde que tenía dieciocho años.

«No es la típica bibliotecaria», pensó, admirando la curva de su espalda y la hermosa y la maravillosa marca del tanga cuando se inclinó para sacar un libro. Ella se dio la vuelta y regresó a su mesa mientras él ojeaba las páginas de un libro y, hasta que no pasó por su lado, no cayó en la cuenta de que estaba consultando un libro de cabecera chino repleto de ilustraciones a toda página.

Era demasiado tarde. Levantó la vista a tiempo de ver la mirada de ella y el modo en que arqueaba las cejas cuando le dedicó una sonrisa avergonzada.

Anna se alejó.

«Tachado de la lista, Doctor Amor», pensó Héctor mientras ella volvía a su escritorio y levantaba el auricular del teléfono. Ni siquiera su manera de sentarse, con una pierna debajo del otro muslo y el zapato de tacón reflejando la luz del techo, logró sacarlo de su bochorno. Recogió las cosas y se marchó por la puerta trasera. Fuera había empezado a llover a cántaros. Se dio cuenta de que se había dejado el paraguas en la mesa cuando unos estudiantes le gritaron desde un coche:

—¿Tomándose una ducha fría, Doctor Amor?

Todos los días, antes de ir a trabajar, Anna se tomaba su tiempo para admirarse ante un espejo de cuerpo entero y masturbarse. Le encantaba el modo en que sus seductoras caderas se estrechaban y también la curva de sus marfileñas nalgas desnudas. Se pellizcaba y se arañaba los pezones duros como piedras y se sostenía con una mano los altos pechos respingones, acariciándose con la otra el vientre desnudo, justo por encima de la zona púbica sutilmente oscura, y recorriendo con los ojos la longitud flexible de sus piernas bellamente torneadas.

Decidió ponerse un par de zapatos de punta abierta con tacón de aguja y admiró cómo le quedaban las tiras de piel alrededor de los tobillos todavía pensando en el hombre que había visto el día antes. Tenía una cara tan mona y parecía tan avergonzado cuando la había visto mirar las ilustraciones subidas de tono del libro que leía... La idea de mirar con él aquellas ilustraciones picantes le aceleró el pulso de excitación. Se acarició con la palma la entrepierna afeitada justo antes de empezar a jugar con los jugosos labios usando los dedos de rojas uñas largas.

Había querido sentarse a su lado pero tenía que responder a una consulta de su jefe. Cuando había regresado para saludarlo, había dejado libre la mesa, en la que sólo quedaba el olvidado paraguas.

«A lo mejor vuelve a buscarlo.»

Fantaseó con la idea de estar a solas con él en la biblioteca y en lo excitado que estaría cuando la mirara desabrocharse la falda y revelar gradualmente las piernas torneadas dentro de las medias negras de seda. Para entonces, se acariciaba las nalgas con la otra mano. Siempre le gustaba cómo le sobresalían y la profunda hendidura entre las dos colinas de sus jugosos y apretados glúteos.

Sus pensamientos se volvieron más atrevidos. Ahora se lo imaginó sentado en una silla, con los pantalones por los tobillos y su tiesa y dura polla erecta mientras ella, arrodillada entre sus mulsos, lo masturbaba metiéndoselo en la boca.

«Seguro que sabe estupendo», pensó pasando los pezones por el espejo. La fría superficie la hizo jadear y apartarse, hundiendo las uñas en las nalgas.

De repente, la familiar y erótica descarga le recorrió el cuerpo. Se imaginó doblada sobre una mesa, sólo con los zapatos y las medias, con el trasero hacia arriba mientras él deslizaba su glorioso y venoso pene en su coño caliente. Casi pudo sentirlo llenándole el apretado santuario del amor y, cuando imaginó el chorro de cálida y húmeda nata, se estremeció y respiró agitadamente. El orgasmo llegó rápido e intenso. Sus sentidos se desmenuzaron en un millón de diminutos cristales justo antes de volver a la tierra.

Tomó aliento, profundamente, y abrió los ojos. Miró la hermosa definición de sus muslos antes de bajar la mirada hacia sus zapatos de tacón. Estaba verdaderamente contenta de habérselos comprado el día antes.

Eran casi las ocho de la tarde cuando Anna vio a Héctor entrar en la sección de consultas. Parecía haberse olvidado de su cara hasta que ella le enseñó el paraguas. Entonces sonrió y se le acercó.

Se había tomado su tiempo para vestirse y había escogido una minifalda negra ajustada con un corte en el lado izquierdo, una chaqueta a juego y un tanga negro de encaje a juego con sus medias, también negras. Apartó la silla de la mesa y cruzó las piernas mientras él se acercaba.

—Gracias —le dijo, aceptando el paraguas. Tenía aquella sonrisa tan sexy. Mientras permanecía apoyada con un codo en la mesa, le pasaron por la cabeza imágenes de los labios de él contra los suyos o recorriéndole de arriba abajo las medias. Se subió la falda un poco más. Esperaba que él se diera cuenta de todo.

Se dio cuenta.

—Espero que no te mojaras demasiado ayer —le comentó ella con una sonrisa.

—No fue nada —le respondió él, tendiéndole la mano—. Me llamo Héctor.

Anna no quería soltarle la mano. Era fuerte y elegante.

—Yo soy Anna —le respondió, y le enseñó el libro de poesía erótica francesa que tenía—. Es una recopilación especial del trabajo de la autora y de algunas otras cosas que puede que encuentres interesantes.

—¿De veras? No sabía que aquí hubiera esa clase de obras.

—Es un proyecto mío independiente —repuso ella—. Las obras están en la tercera planta, en un almacén. No he tenido tiempo de catalogarlas.

Abrió un cajón para sacar varias llaves y el movimiento hizo que la falda se le subiera todavía más. Vio con el rabillo del ojo que él estaba regalándose la vista con lo que se le veía por el corte de la falda y por el modo delicioso en que su piel blanca resaltaba sobre la liga negra.

—Puedes echarles un vistazo.

Héctor aceptó las llaves.

Ella lo miró a los ojos.

—Cierra la puerta cuando hayas entrado. Seguramente no quieres que te molesten.

Él le dedicó una sonrisa, se dio la vuelta y se encaminó hacia el ascensor.

Anna esperó a que el indicador del tercer piso parpadeara. Tardaría dos minutos en encontrar la habitación del final del pasillo, abrir la puerta, encender la luz y entrar.

«¿Por dónde empezará? —se preguntó—. ¿Por la colección ilustrada de jarrones griegos? ¿Por el Kama Sutra en imágenes? ¿Por la guía de sexo oral de las cortesanas japonesas?»

Luego se acordó. Una pareja de mujeres que vivían por entonces en El Cairo le habían mandado por correo fotografías eróticas. Anna se había pasado buena parte de la noche anterior disfrutando de las imágenes de bellezas de largas piernas y pelo negro vestidas con túnicas propias de un harén. Le gustaban, sobre todo, las faldas diáfanas que revelaban sus muslos apretados y el modo en que las cinturillas parecían a punto de escurrírseles de las voluptuosas caderas. Se había masturbado más de una vez aquella noche y sus orgasmos habían sido más intensos viendo los labios ávidos, los vientres aterciopelados y los muslos desnudos entrelazados en placeres sáficos. Las fotos seguían en la mesa, junto a las estanterías.

«Debe de estar viéndolas en este mismo momento», pensó, poniendo el cartel de «Cerrado» en la mesa y yendo hacia el ascensor.

El taconeo de sus zapatos reverberó en el pasillo vacío. Esperaba que le gustara el ruido que hacían. La puerta estaba cerrada.

Lo encontró tal como esperaba, mirando las ninfas enjoyadas rendidas en apasionados abrazos y le dedicó una sonrisa de confianza antes de acercársele. La foto que sostenía era de tres bellezas enredadas en un apasionado abrazo. Anna señaló la del centro.

—Estudió conmigo —dijo—. Se especializó en fotografía. Se mete en su trabajo. —Se le acercó más y vio las gotas de sudor en su frente.

»¿Tienes calor? Puedo encender el aire acondicionado.

Él dejo las fotos y se le quedó muy cerca.

—¿Te gustan? —le preguntó hojeando como si nada las fotografías y casi derritiéndose con el calor de su cuerpo.

—Sí. Son muy... excitantes.

Anna se apretujó contra él, la protuberancia de sus pantalones pulsando contra sí mientras le acariciaba la cara con los dedos. Se puso de puntillas y le besó en los labios al tiempo que le cogía las manos y las guiaba hacia abajo, hacia sus nalgas. La sensación de aquellas manos sosteniendo y acariciando su trasero mientras la lengua de Héctor le llenaba la boca le arrancó gemidos de placer.

Quería consumir cada milímetro de su cuerpo mientras le pasaba una pierna por la cintura. Los muslos separados le permitieron notar su bulto en contacto con su tanga de encaje húmedo.

Empezaron a quitarse la ropa el uno al otro. Anna estuvo a punto de rasgarle la camisa al pasarle las uñas por el pecho mientras él le desabrochaba la falda y se la bajaba, dejando al descubierto las medias negras y las ligas que adornaban sus hermosas piernas. Los dedos se deslizaron debajo del tanga, anidaron en su coño y se colaron en sus húmedas y hambrientas entrañas. La tocaba con dulzura pero firmemente, de modo que la recorrían los espasmos de placer. Le masajeó la vulva con los nudillos, se humedeció el pulgar con sus secreciones y exploró con suavidad el ojete. Sintió un orgasmo recorriéndole la espina dorsal. Su cuerpo, en cuestión de segundos, bajo su contacto, se sacudió en sucesivas oleadas de caliente éxtasis.

Anna se derrumbó contra el cuerpo de Héctor, sumergida en un arrebol de placer que pocos amantes o ni siquiera sus bonitas manos le habían dado jamás. De repente notó una deliciosa sensación de avidez en la boca. Se arrodilló al tiempo que él le sacaba la blusa por la cabeza.

Con los pechos desnudos y los pezones contra un par de fuertes muslos, Anna tiró de la cremallera de él, ansiosa por ver lo que la hacía salivar.

«Qué pene más noble», pensó, mirando el miembro hinchado que tenía a unos centímetros de los labios. Se lo acarició despacio. Él jadeó. La forma era perfecta, recta y coronada por un glande profundamente carmesí. Abrió los labios sin prisas y se lo metió en la boca, disfrutando de cada delicioso milímetro.

Paseó los dedos por los muslos de Héctor, por su estómago y le acarició los pezones ocultos por la camisa. Él gimió más fuerte cuando inclinó la cabeza y se metió la polla en lo profundo de la garganta. Había aprendido a hacerlo en la guía de sexo oral de las cortesanas japonesas. El tiempo que había pasado practicando con un plátano había valido la pena.

Le gustaba el aspecto que tenía de rodillas y hubiera deseado tener un espejo cerca para disfrutar de sus curvas mientras permanecía sentada con las piernas debajo de las nalgas y su bonito trasero descansando sobre los talones. Mientras chupaba, se acordó de una vez que había colocado un espejo para admirarse las nalgas torneadas y gozar del aspecto sexy de su vulva justo debajo del culo de alabastro.

De repente sintió que las manos fuertes de él la levantaban. Se estuvo preguntando lo que pretendería hasta que la sentó en una butaca, al lado de las estanterías. El tacto frío de la piel en las nalgas le pareció una delicia. Héctor le separó las piernas y hundió la cara entre sus muslos. El segundo orgasmo la acometió todavía más rápido y la pilló desprevenida: un torrente de placer que la levantaba de la butaca con la cabeza de él sujeta entre las piernas.

Se dejó caer en la silla, saboreando el modo en que la lengua de Héctor le recorría la vulva y los muslos, exactamente como había imaginado, mordisqueándole la suave cara interna de los muslos, haciéndola jadear y gemir.

Le llegó el turno a ella de sorprenderlo. Se dio la vuelta y le plantó el redondo culo en la cara. Le encantaba cómo el tanga negro daba a sus nalgas la apariencia de bonitas lunas. Él le apartó el tanga con dedos hábiles y se puso de pie. Un instante después notó la polla intentando entrar en su vulva, lo que la impulsó a echarse hacia atrás y agarrarse una nalga mirándolo por encima del hombro de manera incitadora.

Una sensación cálida y penetrante le hizo abrir la boca. Las paredes de su vagina se dilataron para recibir la verga que penetraba profundamente en su cuerpo. Héctor se puso a meterla y sacarla con vigor, llevado por el maravilloso flujo del éxtasis.

Ya estaba. Anna se soltó el rodete, dejando que la melena negra cayera en cascada sobre sus hombros y su espalda. Agarró un mechón y se lo metió en la boca en el momento en que Héctor explotaba en sus entrañas. Sus gemidos sofocados denotaron el orgasmo estremecedor que la sacudió de pies a cabeza.

Él mantuvo un rato el pene en su interior. Era estupendo notar su vientre en contacto con su trasero. Le apartó la melena y le masajeó la espalda desnuda, besándole de vez en cuando la piel marfileña cubierta de sudor y bajando la otra mano hacia sus nalgas para acariciárselas con firmeza.

Más tarde se vistieron deprisa y corriendo. Anna volvió a hacerse el moño y se repasó el maquillaje, pero todavía tenía el tanga de encaje en las manos. Sacó un librito y metió entre sus páginas el tanga cuidadosamente doblado. Se lo dio a Héctor.

—Un punto de libro. —Con las bonitas manos hizo un gesto abarcando la habitación—. Necesito un poco de ayuda para revisar todo este material. ¿Podrías... ayudarme?

Él miró los estantes abarrotados, la acercó hacia sí y, pasándole una mano por el trasero desnudo, le levantó las nalgas, le metió un dedo en la vulva todavía húmeda y se puso a acariciársela.

—Parece que será un proyecto de larga duración... Estaré encantado.

Justo un año más tarde, Héctor y Anna estaban en un restaurante, celebrando el aniversario de su primera noche.

Ocupaban una mesa de bancos corridos en el elegante local. Anna llevaba una túnica roja ajustada y abierta hasta la cintura y sandalias de tacón de aguja que permitían a Héctor verle los anillos de oro para los pies que le había regalado durante un fin de semana sexy en los cayos de Florida.

La cena se prolongaba sensual y se daban de comer el uno al otro con besos y caricias tiernas intercalados entre bocado y bocado. Héctor la hacía suspirar y de vez en cuando le lamía una oreja mientras le recorría con los dedos la cara interna de los muslos cubiertos de seda hasta que notaba el calor de su vulva empapada.

—Hola, Anna. ¡Qué alegría volver a verte!

Vio que Anna miraba a alguien que estaba a su espalda y un instante después una mujer hermosa, de pelo muy negro, se acercó a su mesa. Llevaba una túnica verde exactamente igual que la de Anna, pero con una abertura por la que se le veía el vientre desnudo y firme y que dejaba entrever la marca del bronceado a cada paso que daba.

Héctor se quedó helado cuando se dio cuenta de que no llevaba nada debajo, sólo la breve línea de un tanga.

Anna se levantó y le dio un beso tierno en la mejilla a aquella belleza morena de piel canela. Entonces la reconoció. Era la sensual amiga egipcia de Anna, la que había tomado las fotografías eróticas del harén.

—Ésta es Saphira, la chica que sacó las fotos que... disfrutamos —dijo Anna, pasando un brazo por la cintura desnuda de su amiga.

Saphira lo deslumbró con una sonrisa muy sensual. Ambas mujeres permanecieron de pie, todavía más juntas, con las provocativas caderas en contacto. A Héctor se le aceleró el pulso, no porque supiera sino porque intuía lo que sucedería a continuación. Le devolvió la sonrisa.

—Encantado de conocerte —dijo—. Tu trabajo es excelente.

—Gracias —respondió Saphira con una voz profunda de marcado acento.

Anna se volvió hacia ella.

—Héctor me ha sacado unas fotos muy bonitas.

—Me encantaría verlas —aseguró ella, mirando a Héctor con una sonrisa coqueta.

—A lo mejor te gustaría posar conmigo —dijo Anna.

Le pasaron por la cabeza imágenes de Anna y Saphira desnudas, con las piernas y los brazos enlazados. Podría fotografiar a Anna con las medias negras y los zapatos de tacón negros y a Saphira de blanco, ambas enredadas, con el cuerpo esbelto de piernas largas de la una alrededor de la otra.

—¿Te gustaría, cariño? —dijo Anna, poniendo cara de traviesa.

—¿Te parece que podríamos darte algunas ideas? —le preguntó Saphira.

Héctor se levantó y tomó a Anna de la mano.

—Estoy seguro de que se nos ocurrirá algo —comentó. Ofreció un brazo a cada mujer y las escoltó fuera del restaurante, feliz por aquella tarde lluviosa en que el Doctor Amor había sido «tachado de la lista».

Su madre sabe más

Landon Dixon

Cuando Lucy me invitó a una fiesta en la piscina de su casa, me dije: «Bueno, al menos veré a esa monada en biquini.» Verla iba a ser lo único que probablemente hiciera; era todo lo que había hecho en los dos meses frustrantes de salir con aquella chica de dieciocho años que no me daba más que evasivas. Nos habíamos besado bastantes veces, claro, y nos habíamos dado algunos breves achuchones y morreos, pero eso había sido todo. Lucy era una chica despampanante, de pelo castaño oscuro largo, ojos marrones de mirada cálida, un cuerpo voluptuoso realzado por unos pechos turgentes de tamaño medio y un culo prieto y respingón, pero era tan cautelosa con el sexo como un mormón en una convención porno.

Llegué a su casa alrededor de las tres, y me recibió en la puerta su hermana, Liz, una hippy chiflada de aspecto desaliñado que siempre había ido a la misma facultad que Lucy y yo, y se había especializado en poesía estalinista y pipas de cerámica para fumar marihuana.

—Hola, Liz —la saludé—. ¿Está Lucy en casa?

—Hola, Glen, ¿qué pasa? —me respondió tras unos segundos de contemplación, con la mirada tan vacía como la tribuna del concierto de Strawberry Alarm Clock—.* ¿Irás a la protesta de mañana en el campus, para obligar al Departamento de Ciencias a soltar las cucarachas con las que están experimentando?

Intenté superar el túnel del tiempo de los años sesenta antes de que me succionara y me explotara el cerebro, pero el portal era demasiado estrecho y ella, demasiado ancha.

—Lo dudo. El lunes tengo que planchar calcetines. A lo mejor nos vemos en la audiencia para tu fianza.

Se empujó las gafas de color rosa hacia el puente de la nariz y empezó a procesar mi afirmación. Luego sonrió y dijo:

—Tío, tiene que ser la caña, ¿verdad? Que te trinquen.

«Será la única manera de que te agarre alguien jamás», murmuré para mis adentros.

—Supongo que Lucy está en el patio trasero, ¿no? —dije en voz alta, imprimiendo un movimiento de oscilación al obstáculo que se interponía en mi camino hacia el pensamiento racional y escurriéndome más allá.

Recorrí la entrada corriendo, sin mirar atrás, y entré en el salón, amplio y despejado. Luego me dirigí hacia la

---

* Banda de rock psicodélico con un único éxito conocido, «Incense and Peppermints». La canción llegó a situarse en el primer puesto de la lista de Pop Singles a finales de 1967. Aunque el grupo continuó, en 1968 comenzó a desintegrarse y la mayor parte de la audiencia dejó de escucharlo. *(N. de la T.)*

pared más alejada de la habitación, toda de cristal. Eché un vistazo afuera, al espacioso patio trasero con la piscina en forma de riñón, y reconocí a Lucy y a cuatro amigas suyas. A quien no reconocí fue a una morena que flotaba en la piscina sobre una silla-flotador, dándome la espalda. El agua azul centelleaba tentadora bajo el sol abrasador.

Lucy estaba sentada en un extremo de la piscina, cotorreando con una amiga, con los pies en el agua. Llevaba un biquini verde minúsculo, cuya delgada tela apenas le cubría las tetas y se le veían los pezones claramente marcados bajo las simbólicas copas. La melena castaña lustrosa le caía en cascada sobre los hombros dorados y la espalda. Le relucía todo el cuerpo untado de aceite bronceador.

Suspiré, soñando en lo que podría hacer con aquel cuerpo lustroso de tener ocasión, y me froté el pene por encima de los vaqueros. Iba a ser una tarde larga y caliente intentando que no se me notara el calentón. Entonces mis ensoñaciones sobre sol y sexo y caricias reales se vieron interrumpidas por alguien que se aclaraba la garganta. Aparté la mano de donde la tenía, me la metí en el bolsillo y volví la cabeza.

—¡Oh! —exclamé al ver a una mujer de pie a mi derecha, en el arco que conectaba la cocina con el comedor. Me puse más rojo que la China continental y la polla se me encogió en posición fetal.

—Tú debes de ser el novio de Lucy —comentó la mujer, desviando la vista de mi entrepierna a la ventana, y sonriendo levemente.

—Ah, sí... así es. Usted no será... la madre de Lucy,

¿verdad? —le solté, temiendo la respuesta que sabía que me daría; uno sólo tiene una oportunidad de dar una primera impresión a los padres de una chica, y la mía la había tenido... en los pantalones.

La mujer asintió con la cabeza, desinflando lo que me quedaba de ego y de erección.

—Soy Leslie —dijo, dejando los platos de papel que llevaba en la mesa del comedor y acercándoseme con la mano tendida.

Se la estreché. La mía la tenía tan húmeda y lacia como un condón usado.

—Oh, encantado, señora Brown... Leslie —murmuré.

—Lucy me ha hablado mucho de ti —me dijo, torciendo la cabeza y estudiándome de arriba abajo—. Eres tan guapo y musculoso como dice.

—Ah, ¿sí? —Tragué saliva, tensando el pecho y los brazos—. Bueno, hago ejercicio de vez en cuando.

Miré más atentamente a la madre de Lucy y enseguida me di cuenta de que la belleza era cosa de familia, suponiendo que Liz no fuese adoptada, claro. Leslie era una versión madura y plenamente desarrollada de Lucy, con el mismo pelo castaño, los ojos marrones, la cara bonita y el cuerpo esbelto, pero con un pecho por lo menos dos veces más grande que su hija: sus grandes y turgentes tetas le tensaban el top ajustado, cuyos pezones, sin sujetador, casi agujereaban la tela.

El cuerpo sinuoso de la mujer se hallaba cubierto por unos tejanos desteñidos y tenía la cara, los brazos y los hombros muy bronceados. Era tipo Adrienne Barbeau, algo así como una de las protagonistas de *Cannibal Women in the Avocado Jungle of Death*, y yo le miraba el imponente escote y los suculentos pechos como si estuviera viendo el Gran Cañón por primera vez.

—Eso parece, desde luego —dijo Leslie, devolviéndome por un instante a la realidad, pero sólo un instante, porque seguidamente se me acercó más y me frotó el brazo desnudo con su suave y cálida mano bronceada.

—Usted también tiene un bonito cuerpo... para ser una madre soltera —farfullé, porque no era el mejor del mundo charlando de tonterías cuando se me estaba empinando. Lucy me había dicho que su padre se había marchado hacía dos años.

Leslie se pasó la lengua rosada por los labios llenos pintados de carmín.

—Gracias, Glen —me dijo, acariciándome el brazo. Miraba por las puertas correderas de cristal que daban a la piscina—. Lucy puede ser un poco... distante, ¿verdad?

Despegué los ojos del divino pecho que subía y bajaba y miré hacia fuera, a los de la fiesta, no del todo seguro de a qué se refería Leslie.

—Bueno, sí. No hemos... hecho nada, si a eso se refiere.

La madre de Lucy alargó la mano y se volvió hacia la puerta.

—Eso me temía, pobrecita —dijo con un suspiro. Se apoyó en el cristal y me miró directamente a los ojos—. No sé a quién habrá salido. Yo no soy así en absoluto. Cuando algo me gusta, voy por ello.

Y con esta asombrosa confesión de pasada, la dulzura cuarentona con cuerpo hollywoodiense me agarró por los hombros y me plantó un suave beso en la boca.

«¡Dios bendito!», me dije alarmado. Aquella madre

madura y sexy me quería volver loco. Me besó ávidamente dos veces más, de una manera mucho menos maternal. Entonces me quité las telarañas de las sinapsis y moví los brazos, envolví en ellos su cuerpo al rojo vivo y la besé.

Nos morreamos como una pareja de colegiales cachondos, a pesar de que la señora pechugona me llevaba a mí, con diecinueve, más de veinticinco años. Me hundió la lengua en la boca y despertó mi lengua dormida. Empezamos a besarnos como si fuera primavera en París, salvando la brecha generacional mediante el lenguaje universal del deseo.

Contuve el aliento y abrí los ojos. Miré por la ventana a Lucy, con los pies en la piscina y charlando con sus amigas y, de repente, me acordé de que estábamos a la vista.

—Señora... quiero decir, Leslie, ¡Lucy y sus amigas van a vernos! —gemí.

Leslie me miró con sus ojos castaños y sonrió. Unas finas patas de gallo se le marcaron en las comisuras de los ojos y la boca.

—No te preocupes, cariño —me dijo—. Esas ventanas son tintadas. Cuando les da el sol nadie puede ver lo que pasa dentro de casa.

Bajé la vista hacia el tesoro de su pecho, miré a Lucy fuera, y deslicé las manos bajo el top de Leslie y saqué sus grandes y morenos senos de la ajustada prenda. Las increíbles tetas pendían enormes y pesadas, sólo un poco caídas, con los pezones color chocolate (los mismos que Lucy había chupado de bebé) sobresaliendo sus buenos dos centímetros de las areolas del tamaño de un dólar de plata.

Valoré un rato la belleza de su oscilante delantera. Me notaba la polla dura como una barra de acero en los pantalones. Regresé mentalmente a mis primeros recuerdos infantiles del parvulario: mordiendo deliciosos pasteles dulces y remojándolos en espumosa leche blanca antes de meterme bajo la manta azul para echar una cabezadita. Mirar las tetas de Leslie era como ver los pechos desnudos de la calentorra maestra de español: esa a la que te imaginabas follándote con las tetas mientras te masturbabas en la relativa privacidad del baño de casa.

Leslie interrumpió mi húmeda ensoñación sacándose el top y arrojándolo a un lado, dejándose la parte superior del torso desnuda a la medida de mis necesidades.

—¿A qué estás esperando, Glen? —me preguntó bajito. Sus pesados senos temblaron deliciosamente cuando se encogió de hombros.

De inmediato le agarré las tetas, se las estrujé, retorcí y amasé, deleitándome con el suave y caliente tacto de sus pechos hinchados. No eran diminutos como los de una quinceañera, bultitos en un pecho flacucho de jovencita; eran grandes, fuertes pechos de mujer, melones demasiado maduros que habían tenido indudablemente mucha marcha y que tendrían y disfrutarían mucha más.

—¡Chúpamelas! —gimió Leslie mientras yo se las palpaba, cerrando los ojos y apoyándose en el fino cristal tintado que separaba la fantasía de la realidad.

Por el cristal vi a Lucy lanzarle una pelota de playa a un chico que estaba en la piscina, jugando inocente y despreocupada bajo el sol ardiente, mientras su traviesa madre se dedicaba a los juegos sexuales apenas a cincuenta pasos de distancia, con los pechos desnudos entre mis manos. Tragué saliva, bajé la cabeza, saqué la lengua y la pasé sin demasiada convicción por un pezón turgente de Leslie. Sus tetas se sacudieron en mis manos, su cuerpo golpeó el cristal y gimió, porque evidentemente tenía los pechos muy, muy sensibles.

Así con más firmeza la pechera de la señora con mis manos sudorosas y le pasé la lengua por los hinchados pezones, en círculos, primero alrededor de uno y luego del otro. Le crecieron todavía más cuando se los estimulé, mojándoselos de saliva. Después me metí un pezón en la boca y chupé.

—¡Sí, Glen, sí! —La pletórica y retorcida madre de dos hijas gritó, agarrándome la cabeza y pasándome los dedos por el pelo, rubio y corto.

Chupé más su pezón engrosado con los ojos fijos en su mirada empañada de lujuria, masajeando sus melones y sin dejar de chupárselos. Tragué más y más pecho hasta que tuve la mitad del pezón entre los labios, tirando con excitación de él como si esperara sacarle tibio y líquido alimento. Luego solté la teta empapada, me metí la otra en la boca y repetí el mismo proceso erótico, disfrutando a conciencia del sabor y de la textura del redondo y bronceado montículo.

Al final, Leslie me apartó la cara del pecho y me sacó la camiseta de los tejanos, me la subió por el torso y me la sacó por la cabeza mientras yo levantaba los brazos. Los experimentados ojos de la señora eran salvajes. Me recorrió el pecho desnudo y suave con las manos, arañándome con sus uñas rojas y largas. Me agarró los pectorales y empezó a lamerme los pezones. Tenía una lengua cálida, húmeda e insistente. Me lamió, chupó y mordisqueó los duros pezones, con las ventanillas de la nariz dilatadas y su húmedo aliento contra mi piel hormigueante. Se hizo con mi cinturón, con mi cremallera y, antes de que pudiera reaccionar siquiera, ya la tenía dentro de los pantalones y los calzoncillos y estaba sacándome la polla.

—¡Joder, sí, señora Brown! —grité. Lo de «señora» le añadía morbo.

Se arrodilló y tiró de mi pene duro como una piedra, acercándome bruscamente, y luego se puso a acariciarme. Joder, aquella mano segura, caliente y excitante me ponía a cien. Con la suave palma me recorría de arriba abajo la verga y me volvía loco, me la ponía de una rigidez y un tamaño asombrosos.

—¡Qué polla tan bonita tienes! —dijo con un suspiro, acariciándome con los dedos de uñas rojas—. Parece que responde al tacto de una madre.

¡Jesús bendito! El superdotado escote me lo decía todo. Aquella madre calientapollas no se parecía en nada a las típicas madres de las chicas con las que solía quedar, a las que normalmente la ropa les quedaba estrecha en la cintura, llevaban el pelo corto de presidiaria, gafas bifocales Harry Carey y eran tan poco atractivas como Rosanne Barr.

Me desabroché el botón de los tejanos y me bajé éstos y el bañador hasta los tobillos, para que la belleza calentorra accediera con más facilidad a mi salchicha y mis huevos. Ella se apresuró a acunar el escroto y su contenido con la mano izquierda mientras me agarraba la polla con la derecha. Diestramente, se puso a hacer malabarismos con mis pelotas entre sus finos dedos y a masajearme el pene con largas y sensuales pasadas que alternaba con rápidos y fuertes tirones. Los anillos de plata de los pulgares brillaban.

Me estremecí de placer y, justo cuando pensaba que no podía haber nada mejor que tener a la madre de mi novia masturbándome mientras la hija retozaba en biquini en el patio trasero, Leslie me llevó un paso más allá agarrándome de la polla por su base y lamiéndome el glande.

—¡Sí, chúpemela, señora Brown! —gemí. Las rodillas se me doblaban bajo la fuerza sexual de la madura morena que me chupaba el capullo hinchado con aquella lengua escurridiza. Me la pasó alrededor de la base del glande, que luego fue metiendo y sacando de su herramienta mullida y rosada de placer.

La así por el pelo sedoso y acerqué más a mí su cara. Ella se tragó por entero el capullo, sin dudarlo un instante, y empezó a descender hacia la base del pene. Deslizaba por él los labios con facilidad, con la boca completamente abierta para introducirme húmeda y suavemente. Obviamente, los años de práctica y perfeccionamiento habían enseñado a Leslie la clase de técnicas que yo creía que pertenecían únicamente al ámbito de las películas porno y las leyendas urbanas acerca de los vestuarios, porque tiró rápidamente de mi pene hasta que con la nariz casi me tocaba el pubis y me tuvo metido por entero en la garganta y la boca.

Las piernas me temblaban incontroladamente. Era una sensación de calor y tensa humedad increíble. Definitivamente, aquélla no era la poco entusiasta mamada, con arcadas y bufidos, de la típica quinceañera asqueada. Era un acto voluntario, a conciencia y en profundidad, de lo más erótico. Y me estaba superando.

—¡Voy a correrme! —grité.

Leslie clavó en mí sus brillantes ojos marrones, con las ventanas de la nariz dilatadas, apretó la garganta y no hizo nada por liberar mi larga y dura polla. Eché atrás la cabeza, gruñí de dicha y solté un chorro de esperma cremoso en aquella traviesa garganta tragona. Volví a derramarme una vez y otra, sacudiéndome con cada descarga. Leslie se lo tragó todo. Y cuando disparé mi última bola de nieve directamente en su estómago, le acaricié el pelo lustroso y espeso y le prometí:

—Llego rápido, nena, pero llego a menudo. —Era un talento especial.

Despacio fue sacándose de la garganta mi chorreante verga, se la sacó de la talentosa boca y la acarició en toda su longitud con una mano nuevamente.

—En tal caso, cariño, ¿por qué no me metes esta hermosura en el coño? —me sugirió.

Asentí con entusiasmo. Y mientras mi brillante polla se movía excitada, ansiosa por la calidez de un nuevo agujero sexual, Leslie se levantó y se dio la vuelta hasta situarse de cara a la piscina. Se bajó la cremallera de los tejanos y se los deslizó sobre el voluminoso y redondo culo, inclinándose hacia delante para que los pantalones, de un azul desteñido, recorrieran el resto del camino piernas abajo. Llevaba tan poca ropa interior abajo como había llevado arriba: es decir, no llevaba.

Me echó un vistazo por encima del hombro, con una sonrisa insolente en los labios, y luego sacó los pies desnudos de los pantalones bajados, apoyó las manos en el cristal y se abrió de piernas. Se mantuvo de puntillas, con la espalda arqueada, el culo empinado y balanceándose de lado a lado, tentándome como una bandera roja tienta a un toro.

Saqué las zapatillas de correr de los vaqueros y me abalancé hacia ella, la agarré por el apetitoso culo y le apreté las tersas nalgas. El corazón se me salía del pecho y tenía la polla a punto de estallar. Se rio cuando, entusiasmado, le amasé el trasero. Luego desató un infierno cuando dijo:

—¡Fóllame, Glen! Miraremos a Lucy y a sus amiguitas dándose un chapuzón ahí fuera mientras tú me metes esa polla enorme y siempre dispuesta tuya en el coño húmedo y me follas hasta hacerme perder el sentido.

Acercó más a mí su culo bronceado y abrió todavía más las piernas. Me agarré la resbaladiza verga con una mano, la sujeté por la cintura y le metí el glande en la vulva. Empujé entre los labios y hacia el fondo de la chorreante vagina, apenas consciente de las voces y la música, las risas y las salpicaduras que llegaban de un mundo exterior al que yo había dejado de pertenecer.

Ella gimió, se agarró las tetas que le colgaban con una mano y siguió con la otra apoyada en el cristal.

—¡Fóllame, Glen! —me suplicó—. ¡Fóllame como te gustaría follarte a mi hija!

Aspiré aire caliente para hincharme los pulmones y le hundí bruscamente la polla en la raja, profundamente, hasta el fondo jugoso del coño. Luego la sujeté por la cintura y empecé a sacudir las caderas. Me estaba follando a la alterada madre.

—¡Sí! —gritaba Leslie, con la cabeza colgando y ambas manos abiertas apoyadas en la fina separación transparente que nos separaba de la sociedad civilizada.

Fui metiendo y sacando mi empalmada verga de su sorprendentemente apretado coño, moviendo las caderas más y más rápido. El sudor me cubría la cara y el cuerpo mientras batía el divino culo. La puerta corredera vibraba en el marco porque mi torso chocaba contra el trasero de Leslie mientras la machacaba con la polla, adelante y atrás.

Fuera, Lucy se puso de pie en el borde de la piscina y echó una ojeada a la ventana detrás de la cual su novio y su madre estaban follando salvajemente, como si hubiera oído algo, pero luego se colocó las tiritas del biquini, se aseguró de tener las tetas cubiertas y se zambulló en el agua.

—¡Voy a correrme! —me lamenté por segunda vez aquella bochornosa y sensual tarde, atacando la vagina de Leslie como un poseso.

—¡No! —gritó, pegando el cuerpo sudoroso al cristal para librarse de mi pene. Sacudió la cabeza, agitando el pelo y me miró desesperada—. ¡Quiero que me encules!

Lo quería todo... ¡y de una sola vez! Y yo no iba a discutírselo; me habían enseñado a respetar siempre a mis mayores. Murmuré mi acuerdo y esperé en vilo mientras ella se buscaba las nalgas y se las separaba, levantando el bronceado culo para nuestro mutuo disfrute.

Me escupí en la palma y usé mi saliva y sus secreciones para lubricarme el pulsante pene. Luego pasé la vista inseguro varias veces de mi empalmada polla a su diminuto ojete. ¿Cómo coño iba a meter una verga dura como el hierro de quince centímetros en aquel agujero minúsculo? Iba a comentarle a la lujuriosa mamá la imposibilidad física de la situación, para ahorrarle el abuso, cuando siseó:

—¡Métemela por el culo y fóllame! ¡Ya!

Clavó los dedos en las nalgas, separándoselas. Los nudillos se le veían blancos sobre la carne prieta y bronceada, y llegué a la conclusión de que tal vez todo era posible sexualmente en nuestro estado de sobreexcitación. Eso esperaba, al menos. Me sujeté firmemente el pene con valentía y dirigí el tieso glande púrpura hacia el agujero. Empujé fuerte y, para mi asombro, el hinchado capullo se introdujo en él sin demasiado esfuerzo. Leslie se echó hacia atrás contra mí, hundiendo mi embravecida polla en su culo tembloroso como se clava una lanza en la cálida y húmeda tierra.

Imprudentemente me eché hacia delante, hasta que mi vientre tocó su trasero y mi verga estuvo en toda su longitud hundida en su recto succionador. Recuperé el anterior ritmo de bombeo, tan agradable, maravillado de la suavidad con la que entraba y salía del dulce ano dilatado de la señora.

—Sí, fóllame —gimoteó, arañando con las manos, que había apartado de las nalgas, el cristal mientras le daba por detrás. Luego bajó una mano hacia la vulva para acariciarse ansiosamente el clítoris.

Le di dos embestidas más, ensartándola por el trasero con furia. La madre folladora sacudió el culo una vez y otra, y otra más, hasta que las pelotas se me apretaron con enfebrecida anticipación y la depravada situación, al rojo blanco, fue demasiado para mí.

—¡Me corro! —bramé.

—¡Córrete en mi culo! —me gritó Leslie, frenéticamente ofrecida. A los dos nos importaba un bledo que un repentino chaparrón alejara a la pandilla de la piscina buscando refugio en la casa y nos pillaran en plena faena.

Me hundí desesperado en el culo de Leslie unas cuantas veces más, mirando con los ojos vidriosos a su joven hija, que salía de la piscina y se escurría el agua de la melena. Luego se me fundieron los plomos y solté una descarga de semen en aquel acogedor coño maternal. Me corrí intensa y largamente al mismo tiempo que ella, y los dos gritamos en éxtasis. La llené con lo que me parecieron litros de esperma caliente hasta que di un último saludo duro a su belleza madura y me derrumbé sobre ella, vacío de todo sentimiento, agarrándome a sus tetas para no caerme.

Ya habíamos vuelto a vestirnos cuando la cadete espacial Liz entró en la habitación perfumada de sexo y preguntó:

—¡Eh!, ¿estáis bien? Me ha parecido oír algo.

Leslie le aseguró a su hija que todo iba a las mil maravillas y Liz se encogió de hombros y se fue a la cocina a buscar algo para picar.

Miré por la ventana y vi a alguien bajarse de una butaca hinchable y sumergirse en el agua de la piscina: la mujer a la que antes no había reconocido. Cuando se dio la vuelta, reveló el chorreante y asombroso hecho de que era un duplicado igualmente maduro y voluptuoso de la madre a la que acababa de follarme.

—A lo mejor te gustaría conocer a mi hermana —me sugirió Leslie, tomándome de la mano mientras mirábamos la deslumbrante visión saliendo de la piscina.

Mi respuesta fue un bulto creciente en los tejanos.

Un cambio de objetivos

Jeremy Edwards

Alison se estremeció ligeramente cuando la acera bochornosa dio paso al vestíbulo refrigerado. Notó el aire fresco en las piernas desnudas y se alegró de haber optado por ponerse falda. No obstante, había querido vestirse un poco. Aunque se tratara más que nada de poner a prueba su capacidad mental y sus conocimientos generales, había supuesto que el equipo de *¡Piensa!* no debía de pasar por alto a los potenciales aspirantes si eran guapos, cariñosos o elegantes. Alison no se consideraba guapa, y era más delgada que turgente. Pero cuando tenía un buen día, calculaba que podía resultar chic. Así que se había puesto una elegante falda floreada por debajo de las rodillas y un jersey verde azulado que resaltaba sus hombros marcados y sus pequeños pechos puntiagudos. Llevaba en la cabeza un par de gafas de sol de estilo retro que sabía que no se le escurrirían del flequillo cobrizo si evitaba movimientos bruscos de cabeza.

La elegancia de Alison era una elegancia bohemia y

las medias no entraban en la ecuación. Algunas veces ni siquiera entraban las bragas. Pero, como aquel día iba a pasar por una situación comprometida, se había pensado mejor esto último. Después de todo, no iba a dar una buena impresión al equipo del concurso si se presentaba a la prueba con su bonita falda floreada pegada al culo por cortesía de la humedad relativa del ambiente.

—¿En qué puedo ayudarla? —le preguntó el recepcionista.

—Bueno, he venido para la prueba de las cuatro. Para *¡Piensa!* —dijo Alison. Parecía tranquila, pero lo cierto era que se notaba unas extrañas mariposas en el estómago, tenía que admitirlo. Esperaba ser capaz de relajarse lo suficiente para concentrarse en la prueba. Se preguntaba si no debería haberse masturbado un rato aquella mañana en lugar de invertir tanto tiempo poniéndose al día en historia, geografía y ciencias. Sabía que toda su empollada no le serviría de nada si no podía enfocar las preguntas desde el punto de vista adecuado, y sabía también que media hora larga de darse placer solía dejarla relajada y feliz durante horas.

—Llega pronto —dijo el recepcionista—. Puede sentarse en el vestíbulo hasta que la llamen.

Temprano, se dijo Alison. Mientras tomaba asiento se dio cuenta de que había baños en el extremo más alejado del vestíbulo, junto al habitual teléfono público y a la fuente de agua. A lo mejor no era tarde para corregir su error. No sería una sesión de autocomplacencia como en casa; pero ya había hecho cosas estupendas por sí misma en los baños otras veces. Acariciarse la almeja en un lugar desconocido y casi a la vista hacía que todo ocurriera más rápido y que fuera a veces incluso mejor. Apretó los muslos involuntariamente mientras consideraba la perspectiva.

La sacó de sus cábalas una joven alta que penetró en su visión periférica tras doblar una esquina. La mujer, una veinteañera rubia de aspecto magnífico que llevaba un pulcro conjunto de chaqueta y falda azul marino, lucía una tarjeta identificativa y sujetaba una carpeta. La mujer cambió de paso sólo un instante, como si mirara más allá de Alison, antes de cruzar el vestíbulo. Cuando se le acercó, Alison vio que le dedicaba una sonrisa amistosa.

—¿Cómo se llama, por favor? —La joven hablaba bajo pero de manera concisa. Se dio cuenta de que tenía un poco de acento del norte de Europa.

Alison sintió otra vez las mariposas en el estómago mientras respondía:

—Soy Alison Lloyd.

La mujer puso una marca en la carpeta.

—Hola, Alison. Soy Inge. Creo que podrán ocuparse de ti enseguida. —Inge sonrió con simpatía una vez más antes de desaparecer de la vista.

En aquel momento, Alison supo que era mejor que no desapareciera en el aseo de señoras para su tratamiento rápido. Peor todavía, haber considerado aquella opción, aunque hubiera sido brevemente, ya había surtido efecto sobre su psicología íntima. Se notaba la humedad resultante en las bragas, que se le estaban pegando a la vulva. Era una sensación agradable, sin embargo, su modo particular de estar menos nerviosa.

Mientras revisaba de manera compulsiva las capitales de los distintos estados y las tablas de multiplicar una vez más, la humedad allí abajo le recordaba que no toda la vida está en el cerebro.

—¿Señorita Lloyd? —A Alison le dio un brinco el corazón, porque no lo había visto acercarse. Guapo y desenvuelto, el hombre que le tendió la mano seguramente había entrado en el vestíbulo cuando ella miraba para otro lado—. Me llamo Gavin —le dijo mientras ella se incorporaba para estrechársela.

Se alisó la falda nerviosa, como a veces no podía evitar hacer.

Caray, era guapísimo. Lo reconoció mientras captaba su carismática mirada. Tenía los rasgos quizás un poco demasiado raros como para parecer un modelo o una estrella de cine, pero poseía un encanto que lo alejaba por completo del aspecto común de todos los demás tipos. El pelo lacio y espeso se le curvaba detrás de las orejas y dulcificaban sus cejas marcadas unos ojos sonrientes y una boca sensual. Al igual que Inge, llevaba una tarjeta de identificación.

—Le haré la prueba de hoy —le dijo. Por la manera en que le repasó la cara y el cuerpo sintió un escalofrío, en absoluto desagradable, desde los tobillos hasta las pegajosas bragas. Mientras que Inge la había valorado desde lejos, Gavin la evaluaba a un palmo de distancia y de un modo casi tangible. El equilibro mente-cuerpo de Alison estaba desbaratándose. La humedad entre los muslos la estaba desconcentrando cada vez más del desafío que tenía por delante.

»Estaremos en la primera sala de reuniones de la derecha —dijo Gavin. Le echó un rápido vistazo y la escoltó por el corto pasillo.

Una vez en la sala de reuniones, la condujo hasta un asiento del extremo opuesto de una gran mesa de madera. Tenía ante sí un sobre de papel Manila y un bolígrafo. La silla acolchada era cómoda y el aire acondicionado estaba a la temperatura ideal para encontrarse a gusto en la habitación.

Gavin cerró la puerta y fue hasta el extremo de la mesa más cercano.

—¿Tiene alguna pregunta antes de empezar? —le preguntó con amabilidad.

Alison hubiese querido hacerle toda clase de preguntas: preguntas sobre si podía desabrocharle varias prendas y tocarlo por todas partes. Sin embargo, se limitó a sacudir la cabeza para indicar que no.

—Entonces, cuando quiera, adelante.

Abrió el sobre con dedos temblorosos. Eran diez preguntas, diez preguntas fáciles, preguntas cuya respuesta conocía el día anterior, que conocía aquella mañana y con las que, maldita fuera su estampa, no conseguía dar en aquel momento. «¿Cuál es la capital de Nueva Zelanda? ¿Cuál es el número atómico del calcio? ¿Qué significa el término andante en una partitura?». Sencillamente, Alison no podía concentrarse. Su sexo requería atención. La presencia de aquel hombre tan apetecible la había descentrado por completo y le temblaban las piernas por el aire acondicionado.

Durante cinco minutos eternos se esforzó por recuperar la información que en realidad sabía. Contestó a todas las preguntas, pero sabía que seguramente casi todas las respuestas estaban mal.

—Bueno, Alison, se ha acabado el tiempo —dijo Gavin. Alison recibió la noticia con alivio. Sin duda, aquélla era una causa perdida.

Se levantó y caminó hasta el extremo opuesto de la mesa.

—Lo siento. No lo he hecho tan bien como hubiese podido —confesó. Le tendió el pliego.

Gavin tardó segundos en repasar las respuestas y sacar la puntuación. Parecía desanimado. Luego levantó la cabeza y sus miradas se cruzaron.

—A veces pasa —le dijo—. ¿Quiere otra oportunidad? Me parece que mañana será posible.

Ella aceptó entusiasmada y el corazón le latía aceleradamente mientras recorría el vestíbulo hacia la salida. Inge la pilló cuando ya salía.

—Me alegro mucho de que vuelva mañana —dijo Inge tocando levemente el codo de Alison—. Gavin estaba muy decepcionado porque hoy no ha pasado la prueba.

Alison supo de inmediato lo que tenía que hacer.

Cuando al día siguiente llegó al estudio, todo era prácticamente igual. Había sudado por el camino en un clima similar, con una ropa parecida. Ese día, sin embargo, se había dejado una prenda en casa. Y, tal como había previsto, la falda delgada se le pegaba a la raja del culo desnudo de bragas. Pero esta vez no le importaba. Era sexy.

Otra diferencia era que, mientras que el día anterior se había presentado sin nada, aquella tarde llevaba un sobre de papel Manila.

En el vestíbulo, Inge la saludó como si fueran viejas amigas.

—Bienvenida de nuevo, Alison. Gavin estará a tu disposición dentro de un momento.

«¿Estará realmente a mi disposición?», se preguntó. Mientras esperaba para entrar, temblaba de nerviosismo; un nerviosismo diferente del que había sentido el día anterior antes del examen preliminar. No pensaba en tocarse en los lavabos. Estaba cachonda, vale. Pero tenía aspiraciones más elevadas que una cita consigo misma en los baños.

Cuando fue a buscarla, su cara le pareció incluso más amable y hermosa que la última vez. Alison esperó que no fueran imaginaciones suyas cuando le pareció que él estaba verdaderamente contento de verla.

La acompañó a la misma sala de reuniones y ella tomó asiento en el extremo de la mesa que le correspondía. Luego apartó el sobre que tenía delante y lo sustituyó por el que traía.

—¡Oh, lo siento, Alison, pero no está permitido traer material a...!

Su nerviosismo se esfumó en cuanto lo interrumpió y con una sonrisa le dijo:

—Hoy he traído mi propio test.

Rio interiormente al ver la cara de infantil desconcierto de Gavin.

—¿Su propio test? No puedo...

Alison se llevó un dedo a los labios y abrió el sobre.

—Será sólo un minuto —le aseguró.

Mientras sacaba el documento que había preparado, era consciente de que Gavin no le quitaba ojo de encima. Una ojeada le bastó para ver que tenía la boca abierta. Estaba perplejo. Pero los ojos le ardían de otra cosa: algo embriagador, algo que la hacía crudamente consciente de la manera burda pero sensual en que la falda le acariciaba el trasero y del soplo fresco del aire acondicionado en las nalgas desnudas.

Terminó en apenas un minuto, como había prometido, y le entregó el documento. Puesto que se lo sabía de memoria, porque lo había repasado mentalmente una vez y otra la noche anterior acariciándose bajo las sábanas, pudo seguir la lectura en silencio que Gavin hizo del mismo:

1. ¿Encuentra a su examinador sexualmente atractivo?
   Sí.
2. ¿Lleva usted bragas?
   No.
3. ¿Tiene prisa por llegar a algún sitio después de este examen?
   No.
4. ¿Tiene algún inconveniente en desnudar a un hombre guapo en una sala de reuniones?
   No.
5. ¿Tiene algún inconveniente en tumbarse sobre la mesa de una sala de reuniones mientras es llevada a un estrepitoso orgasmo?
   No.

A Gavin se le cayó el papel al suelo. Se quedó petrificado un momento. Su rostro era una máscara de incredulidad. Fue el turno de Alison de abrazarlo.

—Sé que nadie entra aquí y *alega* que no lleva bragas —le susurró al oído—. Así que, por supuesto, comprendo que el personal tenga que comprobarlo. —Tomó la mano de Gavin y la guió bajo su falda—. Compruébalo, chico, compruébalo.

Notó cómo los dedos de él empezaban a explorarla, enviando chispas en todas las direcciones.

No hizo falta más que eso para llevarla a un miniclímax y suspiró cuando su coño mojó de miel los dedos de Gavin.

Él la miró a los ojos. Parecía preocupado.

—Por favor, tienes que entender que... hagamos lo que hagamos ahora, eso no implicará que te incluya en el programa. No hago esa clase de favores.

Ella creyó que iba a gritar, tanta era su excitación. Pero soltó una carcajada.

—No pienso en el programa. Quiero tus favores, claro, pero no son la clase de favores a los que te refieres.

La expresión de Gavin se relajó; estaba loco de alegría. Ella se dejó caer hacia atrás y se tendió en la mesa. Las gafas de sol se le cayeron, pero le dada igual.

—Hazme un favor, Gavin —lo persuadió—. Hazme un gran favor, aquí, justo en mi dulce coñito, justo aquí sobre la mesa.

Si aquello hubiera sucedido el día anterior, ella hubiese ido más despacio, ofreciéndole con delicadeza los pezones. Pero tras veinticuatro horas chorreando de lujuria por aquel hombre, quería tener su polla entre las piernas lo antes posible. Así que se la agarró y, en cuestión de segundos, guio la cálida y firme carne hacia su interior.

—Te deseaba, ayer —le confesó Gavin cuando empezaron a retozar—. Lamenté que aquel pequeño sobre de papel Manila fuera a mantenernos apartados.

Alison soltó una risita.

—Tal y como yo lo veo, lo único que se mantendrá apartado son mis piernas.

Cerró los ojos mientras una embestida todavía más profunda la estremeció. Él la penetró, agarrándola con cuidado pero apasionadamente por la parte posterior de las rodillas, mientras le cubría de besos suavísimos la nariz y las mejillas. Cada besito la llevaba más cerca del éxtasis, por sedosos estratos de dicha, en los que ella se retorcía como un animal.

Notaba su aliento cálido y con un agradable aroma a nueces en la cara. Seguramente allí tomaban café especiado, supuso, justo en el instante en que el orgasmo la barría como una marea y se llevaba consigo cualquier pensamiento. El semen caliente de Gavin le besó las entrañas en maravillosos espasmos e hirvió de placer mientras él se estremecía sobre ella.

Finalmente, Alison se sentó y empezó a arreglarse. Gavin estaba sonriendo.

—Inge estará contenta —dijo.

Alison pensó en la amigable rubia, la espléndida mujer que la había mirado, le había sonreído y le había dado la bienvenida.

—¿Inge?

—Sí, en cierto modo se ocupa de mí. Como una hermana. Sabe con toda certeza cuándo estoy necesitado de... bueno, de esto.

Por razones que no supo explicarse, de repente Alison se preguntó si la relación de Inge con Gavin era siempre completamente fraternal. Y se preguntó también si la cordialidad de Inge con ella había estado teñida de algo más que de la amistad y la preocupación naturales por Gavin. Tal vez, se dijo Alison, su próxima reunión con Gavin pudiera incluir a la seductora Inge...

—¿En qué piensas? —le preguntó Gavin.

—En la próxima vez que haré el examen —respondió Alison con socarronería.

No me cites

Lynne Jamneck

A veces es como el cromado. Lustroso y fino en la superficie. Si no te fijas demasiado, no te das cuenta de que el metal que hay debajo del chapado es plata. Todo cuanto ves es que reluce.
Así era Wendy.
Si la hubiese visto en un club o en un bar, su brillo se habría confundido con el entorno nocturno.
Eran las ocho de la mañana de un martes. No suelo estar en pie tan temprano, pero tengo episodios de insomnio cada tres meses más o menos. Sí, dormía mal.
Me estaba removiendo entre el pan del día anterior cuando dobló la esquina del pasillo de la bollería y se quedó de pie a mi lado. Estaba demasiado cerca, pensé, para simplemente mirar la mercancía. Llevaba un vestido DKNY y algo que destellaba alrededor del cuello. A la cruda luz del 7-Eleven parecía hiperrealista.
Me miró.
—¿Es pan refinado o integral?
—No lo sé seguro. No lo tienen fresco del día.

Repasó los estantes.

—Tengo que comer. ¿Tú qué te llevas?

Ésa fue de lejos la última cosa coherente que me preguntó. Tendría que haberme resultado fácil ayudarla a tomar una decisión tan sencilla, pero me miraba como si yo estuviera para mojar aquel pan.

Su Mercedes SLK estaba aparcado enfrente. Tenía seguramente ocho o diez años más que yo. Su apartamento de la playa era muy logrado. Paredes altas, cristal y luz infrarroja a porrillo.

Wendy era una de esas mujeres que te ponen a cien por el simple hecho de estar cerca. Dejé que me llevara a su casa precisamente por eso. Me había preguntado por el pan y yo no podía pensar en otra cosa que en chuparle los pezones. Olvidé cerrar el coche antes de que nos fuéramos del 7-Eleven.

Por dentro la casa también relucía. Cromados en la cocina, madera pulida y muebles sólidos. Todo muy masculino. Noté la testosterona.

—Calma —me dijo desde el extremo opuesto de la cocina—. Está fuera por negocios. Tu *bourbon*. Tómatelo.

Follamos en su cama. Ni ella ni yo tendíamos a hablar mucho, pero cuando me envolvió la cintura con aquellas maravillosas piernas largas y a su debido tiempo me suplicó que no parara, la llamé algo sucio.

Practicamos el sexo en la cocina otra vez antes de que me fuera. Ella preparaba algo para beber y la sorprendí por detrás. Derramó la leche al suelo.

Wendy era elegante pero cachonda. Tal vez porque era julio y estábamos a mediados de verano.

Que Dios me ayude.

¿Alguna vez has estado tan caliente que te parece que vas a estallar como una supernova cuando oyes su voz? ¿Que vas a implosionar por cualquier cosa, como cuando por accidente le rozas la piel en la cocina al cogerle la botella de gaseosa de la mano o cuando te ríe un chiste?

A los diecisiete años, el mundo podía terminarse o empezar con un beso.

Shawn se mudó a la casa de al lado con sus padres y un hermano mayor cuando yo tenía quince. Llevaba el pelo descuidado y tenía unos ojos como la madera bruñida. Hacía gala de una actitud displicente y su sonrisa torcida te incitaba a delinquir.

Sentí la atracción desde el primer día. La ayudé a llevar una caja de discos de la furgoneta de la mudanza a su habitación del segundo piso. Era primavera. El aire era fresco.

Dos años después, Shawn y yo nos habíamos tapado con la manta de mi madre y jugábamos a alguna versión de nuestras bromas pesadas cuando sucedió algo. Me magreó. Se aprovechó de mí. Lo siguiente que recuerdo es la sensación helada de la botella de limonada en mi mano, intentando que no se me cayera en la alfombra, y que tenía los ojos cerrados; la boca de Shawn sobre la mía y su pelo que olía a albaricoque. Olía como una niña a punto de convertirse en otra cosa. Su olor era como el mío. No sé cómo, yo había dejado la botella de refresco. Estábamos en el suelo, bajo la manta, Shawn encima de mí. Ni en mis sueños más locos hubiera imaginado que una chica tan larguirucha como ella pudiera pesar tanto. El deseo nos paralizaba y nos excitaba en igual medida. Estuvimos bajo aquella manta, besándonos, durante lo que parecieron días, semanas. A mí, a veces, sobre todo cuando tenía que hablar en público, la lengua se me trababa como si fuera la de otra persona. Mientras Shawn me besaba la sentía bien mía, nada ajena, no había nada de mí que pudiera ocultar.

Nos besamos y nos magreamos todo un verano, un otoño y un invierno: en mi habitación, en la suya, en las escaleras mientras su madre veía el programa de Oprah en el salón con el televisor a todo volumen. La desvirgué en el asiento trasero del Volvo de su hermano. No tenía ni idea de que tuviera tan poca experiencia.

Así es como recuerdo la primavera. La calidez del sol en la espalda de Shawn mientras le metía la mano bajo la falda, en un rincón del patio trasero, y nuestro aliento que empañaba la luna trasera del coche en el balsámico aire de la tarde. Entonces éramos adolescentes, pero adolescentes a punto de ser algo más.

La primera vez que hicimos el amor supe que una parte de mí sería para siempre suya. Esperaba que aquello fuera cierto también a la inversa.

Yo me las daba de escribir auténtica literatura cuando mi producción era en realidad mediocre. La primera vez, la vi en la biblioteca. Estaba sacando un ejemplar de la *Las mil y una noches*, un libro que me ponía a cien

Trabé conversación con ella echando mano de la primera frase de mi libro. Debía de ser buena porque se rio. Estaba impresionada por mis conocimientos sobre Persia y la reina sasánida.* Se llamaba Sarah. Como Shereza-de, pero distinta.

---

* Dinastía que estuvo al frente del pueblo de Persia durante los últimos siglos preislámicos (226-641). *(N. de la T.)*

Sarah era muy sensual. Dios mío, se lo tomaba con tranquilidad cuando nos acostábamos. Sabía cómo calmarme cuando yo amenazaba con correrme. Sabía hacer que me relajara y que disfrutara de cada momento.

Sarah tenía una manía. Le gustaba lamer esa traza de sudor que inevitablemente se me formaba en la espalda. Se llenaba la lengua de aquel sabor salado y me daba la vuelta para besarme, para que yo también me saboreara. Yo me guardaba de decirle que no era sólo mi sabor. Que estaba mezclado con su lengua y sus labios y el interior de su boca y su aliento.

Algunas veces me recordaba a Shawn. En momentos de suavidad, de inesperada vulnerabilidad. Sarah también me asustaba. Me hacía querer ser lo que no era; alguien que yo no me consideraba.

Por eso la engañaba. Porque era cobarde y no quería enfrentarme a la persona que hubiese podido ser. Era algo retorcido.

Me traje a casa un reflejo de mí misma. Una marimacho tortillera con botas vaqueras y un pene que nunca aflojaba. Estábamos follando en el vestíbulo cuando vi a Sarah. No la habíamos oído entrar. Se suponía que estaba pasando el fin de semana en Detroit. Sólo me miró a mí. Como-se-llamara tenía la cabeza vuelta hacia la pared y no vio nada. Sus gemidos flotaban en el aire espeso de la mañana. No paré. Para no sufrir, tenía que ser la más cruel.

No he vuelto a ver a Sarah desde entonces.

Dudo de que tan siquiera una pizca de mi ser siga ni remotamente unida a ella. No puede decirse lo mismo de su influencia sobre mí.

Cada día se aprende algo nuevo. Es verdad. Es imposible vivir sin aprender algo útil; si eso te sucede es que te estás equivocando. Créeme.

La mala noticia es que, incluso si aprendes, eso no te garantiza que no tropezarás dos veces en la misma piedra. Y seguramente más de dos.

Vuelve a ser invierno. Ya veremos qué pasa.

Grito su nombre

Adrie Santos

Entro en su oficina y me lo encuentro sentado, cansado. Las últimas noches, evidentemente, han podido con él. Duerme con la cabeza apoyada sobre el escritorio de caoba y su respiración es profunda.

Lo miro un momento, tomando nota de la pelosa de su nuca, del modo en que el pelo no se le despeina ni siquiera cuando tiene la cabeza ladeada, descansando, y del sonido de su respiración.

Me fijo en sus manos, que descansan sobre el escritorio, junto a su cabeza: también tiene vello negro en las muñecas, que da a sus manos, no demasiado grandes, un aspecto fuerte y masculino.

Noto el familiar anhelo crecer en mí mientras miro al que considero el ser más adorable de la Tierra. Lo he sentido desde el momento que puse los ojos en él, cuando estaba detrás de una multitud de hombres trajeados, uno de los primeros días en el trabajo: un intenso deseo que apenas puedo describir. Me presentaron a los trajeados uno por uno. Yo esperaba ansiosamente tener la oportunidad de conocer al misterioso hombre con los ojos más penetrantes que había visto jamás y que seguía de pie al fondo del grupo, mirándome directamente, pero no me lo presentaron.

Cuando se iban me di la vuelta para dedicarle una última sonrisa: seguía mirándome. Enfilé por el pasillo. No conseguía que dejaran de temblarme las rodillas. Semanas después me enteré de que era uno de mis jefes: Edward.

Empiezo a alejarme de él, yendo hacia la puerta, porque mi faceta protectora me impide interrumpir su merecido descanso, pero me detengo: necesito verlo una vez más. Me acerco hasta situarme justo a su lado. El corazón me late aceleradamente y tiendo una mano hacia él.

Me tiemblan los dedos cuando le pongo una mano suavemente en la espalda, las entrañas se me agitan sólo con el tacto del algodón blanco de su camisa. No puedo evitarlo: empiezo a pasarle las yemas de los dedos por la espalda, saboreando el contacto. Él suspira y eso me detiene, pero no lo suficiente como para apartar la mano; no puedo apartarla. Sigo tocándolo y el anhelo no hace sino aumentar con cada caricia.

Sigue con la cabeza ligeramente ladeada y apoyada en el escritorio. Me inclino para acercar la cara a su nuca. Veo que mi aliento le está erizando el vello. ¿Es consciente de mi presencia?

Aunque temerosa de su posible reacción, no puedo parar. Estoy embriagada por el aroma de su piel y excitada por la manera sutil en que su cuerpo reacciona a mi contacto. Me inclino todavía más, hasta que mis labios entran levemente en contacto con su piel.

Le doy besitos en la nuca y los pelitos me pican; eso me gusta. Con cada leve beso, él se agita y noto que su respiración empieza a cambiar. La excitación hace que no sea consciente de que mi propia respiración también está cambiando, haciéndose más rápida y pesada.

Acerco los labios a su oído, con el pecho y las manos contra su espalda, e inmediatamente veo que se le pone la piel de gallina. Abre los ojos, pero no da ninguna muestra de sorpresa ni de querer protestar. ¿Ha sabido todo el tiempo que era yo?

Levanta la cabeza del escritorio y me mira fijamente. Nuestras caras están tan cerca que puedo, por primera vez desde que lo conocí, hace ya casi un año, mirarlo a los ojos. Espero, temiendo que vaya a pedirme que pare y a recordarme lo poco profesional que está siendo mi comportamiento. Pero no dice nada, y quien calla otorga. Movemos la cara al unísono, como en cámara lenta, hasta que poso mis labios en los suyos.

Poco después estoy completamente perdida en sus besos. Nuestras lenguas y nuestros labios se mueven juntos a la perfección y con la respiración ahogamos el zumbido de los fluorescentes de la oficina. Como en una danza, nos movemos sin dejar de abrazarnos estrechamente hasta que estamos de pie detrás del escritorio.

Tengo el cuerpo dolorido. Necesito estar todavía más cerca de él. Me consumen él y mis sentimientos por él, sentimientos que he deseado hacer realidad tanto tiempo que parece una eternidad. Me hace parar un segundo, me mira con esa fijeza tan familiar que todo este tiempo me ha intimidado y atraído, y me pregunta con voz profunda, de ese modo tan propio de él:

—¿Qué estamos haciendo?

Y como es típico en mí, le sonrío.

—No te preocupes.

Así es como zanjo cualquier posibilidad de duda: volviendo a cubrir su boca con la mía y metiéndole la lengua.

Desplaza las manos casi con timidez de mis hombros, despacio, hasta mis pechos. Sonrío para mis adentros porque reconozco su habitual precaución («Pero soy tu jefe...») y decido ayudarlo dirigiendo sus dedos hacia los botones de mi blusa. Duda, así que abro los ojos y separo un poquito los labios. Me deslumbra con una sonrisa traviesa; levanta las cejas divertido antes de empezar. En segundos me desabrocha y por fin deja al descubierto el sujetador de encaje blanco. Le oigo soltar una exclamación ahogada cuando se toma un momento para mirarme el agitado pecho bronceado y los pezones que se marcan en la fina tela. Me siento mojada de excitación viéndolo disfrutar de mis ofrendas. Baja la cabeza, acerca la boca a mis pechos y, con la mano, aparta el encaje.

No deja de mirarme fijamente cuando empieza despacio a describir círculos con la lengua alrededor de un pezón. Me estremezco de pies a cabeza de un placer inimaginable. No sé lo que me excita más, si su boca, por fin sobre mi piel, donde debe estar, o su mirada, tan intensa, que no puedo apartar ni un momento de la mía. Si al menos supiera lo mucho que le deseo y todas las cosas que le permitiría hacerme...

Resumo mi fantasía: sigue chupándome los pezones y mirándome fijamente. No puedo evitar gemir bajito.

Cojo su cara entre las manos y devuelvo sus labios a los míos, murmurando en su boca que lo quiero dentro.

Empiezo a bajar las manos hacia su cinturón, tirando del cuero, de la hebilla y, por último, bajándole la cremallera. La perspectiva de tener lo que he estado esperando tanto tiempo es casi insoportable. Le agarro la polla y se la saco al aire fresco de la oficina. La tiene larga y dura y delgada; como el resto de él... perfecta.

Me inclino hacia atrás sobre la mesa sin soltarlo porque no quiero dejarlo ir ni un segundo. Noto cómo aumenta de tamaño entre mis dedos y eso hace que me sienta victoriosa. Lo abrazo estrechamente con las piernas y la falda se me sube hasta arriba.

Continúa comiéndome con los labios y no puedo evitar tomar su cara entre las manos una vez más y apretarle la boca todavía más contra la mía: sus labios son el paraíso. Cuando se desliza entre mis muslos me provoca: juguetea pero no me penetra. He estado esperando a este hombre me parece que siempre. ¡Podré soportar cualquier dulce tortura que quiera infligirme! Cada embestida contenida de su sexo contra el mío es más insoportable. Prácticamente le golpeo, necesito tenerlo más cerca todavía.

Nuestras lenguas bailan juntas mientras le desabrocho la camisa y dejo al descubierto su pecho velludo, ansiosa por sentir más cantidad de su piel en contacto con la mía.

—¿Sabes cuánto tiempo he esperado esto? —le digo, sin aliento, al oído.

Se limita a sonreír y me fundo. Es entonces, mientras estoy perdida en su bonita sonrisa que me penetra con su larga polla. Con una profunda embestida. Me veo superada por emociones y por sensaciones físicas que ni siquiera sabía que fueran posibles. Nuestros cuerpos encajan a la perfección cuando con suavidad entra y sale de mí. Tenemos las caras muy juntas y entre pecho y pecho sólo hay tibio sudor. Percibo cada milímetro de su cuerpo.

La silenciosa oficina se llena con el aroma de nuestra piel caliente y de mi perfume de vainilla. El único sonido que se escucha es el de él saliendo y entrando de mi interior y nuestros gemidos ahogados. Mis entrañas se cierran alrededor de su polla y me estremezco. ¡Puedo sentirme literalmente rezumar!

El placer se apodera de cada milímetro de mi cuerpo y él me besa apasionadamente mientras experimento el orgasmo y con cada espasmo interno le acerco más al suyo, hasta que finalmente lo alcanza. Me estremezco cuando me llena con su leche cálida. Grita y su grito es música para mis oídos. Llevo tanto queriendo esto... ser capaz de sacudir su exterior intimidatorio y duro, de quebrarlo con mi deseo.

—Edward... ¡Oh, Edward!

Estoy tendida en mi cama, sola. Es mi habitación la que huele a perfume de vainilla y a sexo, al mío sólo. Todavía tengo los dedos húmedos de acariciarme. Cierro los ojos y grito su nombre de nuevo para que la fantasía sea un poco más real. Grito su nombre para sentirlo un poco más cerca de mí. Grito su nombre porque, por ahora, es todo cuanto puedo hacer.

ELECCIONES

Kate Franklin

Me despierto en una tarde bochornosa y me desperezo, pensando en mi hombre. Sé que está en casa y casi puedo sentir su cuerpo duro contra el mío.

Con las piernas todavía pesadas por el sueño, me levanto y camino descalza hasta la ventana, sintiendo la apacible calidez de las tablas de madera bajo los pies. Separo un poco las cortinas, abro la ventana de par en par y respiro el aroma almizclado del arbusto trepador que cubre el muro exterior. Una abeja enorme se posa en sus capullos de un blanco lechoso, libando sus fértiles profundidades. Los rayos de sol penetran por entre las cortinas, dibujando listas de calor en mi pecho desnudo. Cierro los ojos y deslizo las manos hacia mi vientre, sintiendo un calor distinto.

Camina con sigilo y no lo oigo entrar.

—Eh —me dice con su voz cálida—. ¿Cómo has pasado la noche? ¿Está lista mi enfermera para tomar una taza de té?

Sus ojos oscuros ven mis manos abiertas sobre el vientre y se me acerca con esa gracia animal que Dios le dio. Apoyando una de sus grandes manos sobre la mía, lleva ambas hacia abajo, moja nuestros dedos. Su mano experta trabaja en mí mientras me besa. La tiene tan dura que tengo que tirar de la cintura elástica de sus pantalones cortos con cuidado para liberársela. Se introduce entre mis muslos pero no entra. El calor de la entrepierna se convierte en fuego y pongo la mano bajo su pene, abalanzándome sobre él, moviéndoselo a un ritmo lento. Me corro, sintiendo, como siempre, que no hay nada mejor en el mundo, con ganas de gritar de puro éxtasis. Cuando mi orgasmo cede, empuja entre mis piernas y vierte su líquida calidez sobre mi vientre.

Espero a que se tranquilice, luego froto el pegajoso montículo de mi vientre contra el suyo, plano.

—Sucia bruja...

—Ahora tomaremos ese té. Luego podrás follarme de verdad.

—Eres insaciable.

Estoy tendida de espaldas en la cama, suspirando de satisfacción, y mi mente regresa a cuando empezó todo.

En lo que ahora me parece otra vida, yo trabajaba en una oficina. Allí conocí a Oliver, una compensación estimulante para la monótona rutina de mi vida. La atracción entre ambos fue instantánea y electrizante. Solía mirar sus manos de dedos largos e imaginarlas recorriendo todo mi cuerpo. Su broma preferida era acercárseme en silencio por detrás con aquel paso ligero y fluido suyo, soplarme con suavidad en la nuca y luego masajearme los hombros. Era de una inteligencia sublime, alto y delgado, con el pelo negro fino y lacio que le caía sobre la frente alta, y unos ojos oscuros y expresivos que ardían siempre que me miraban.

Pero ya tenía novia y yo, que no quería ser sólo otra más de su lista, muy a mi pesar, lo mantenía a una distancia prudencial. Cuando se marchó para abrir su propio negocio, fue para mí casi un alivio. Nunca lo olvidé, sin embargo.

Pasaron años. Dejé el trabajo de oficina y me hice enfermera, me casé con el hombre que no debía y me divorcié. Fue un divorcio doloroso, pero ya lo había superado hacía mucho aquel día suave de finales de verano que determinaría mi futuro.

Estaba sentada en la terraza de un pequeño café francés de las afueras esperando a una amiga. Me llamó al móvil para decirme que no podía reunirse conmigo. Desilusionada, estaba a punto de marcharme cuando noté una caricia suave como de telaraña en la nuca. Me di la vuelta. Por increíble que pareciera, allí estaba Oliver. Se me aflojaron las rodillas y volví a sentirme como en los años pasados en aquella oficina deprimente, fundiéndome bajo su atenta mirada.

Me puso las manos en los hombros y me besó en ambas mejillas. Olía sutilmente a loción para el afeitado cara. Estaba atractivo y elegante con un traje oscuro de corte impecable. Su voz seguía siendo tan rica en matices y grave como recordaba.

—¿Cómo estás?

La respuesta me salió del alma e incluso de un lugar más físico ya entonces.

—Mejor ahora que te veo.
Le ardió la mirada y noté la antigua química subiéndome hasta las mejillas. Deseé que el rubor me favoreciera.
—¿Podemos? —Oliver me señaló una mesa libre y la ocupamos. Pidió café para ambos y se quitó la americana. Vi entonces los mismos hombros anchos y la misma cintura estrecha que solía mirar ávida e insistentemente. Mientras se aflojaba la corbata, le miré las manos, supongo que fijamente, porque me preguntó:
»¿Qué?
Tuve la repentina sensación de que debía aprovechar el momento o pasaría para siempre.
—Simplemente, me acordaba de que solía imaginarme esas manos acariciándome todo el cuerpo.
Ni siquiera parpadeó, como si no esperara menos, sonriente.
—Y yo no era capaz de mirarte sin tener una erección.
Su sonrisa me pareció un poco demasiado engreída, así que, tras echar una ojeada alrededor, deslicé una mano bajo la mesa.
—Pues todo sigue igual —le comenté.
—¡Por Dios, Hannah!
Se le borró la sonrisa, y aunque yo no suelo reírme tontamente, no pude evitar hacerlo porque tenía cara de estar muy nervioso.
—No pasa nada, nadie nos mira —le dije, acariciándole el pene.
—Conseguirás que nos echen.
El embarazo que sentía no evitó que se le empinara y yo no aparté la mano, aprovechando el momento.

—Mmmm. Tal vez.

Tenía la voz ronca cuando me preguntó:

—¿Tienes algo que hacer esta tarde?

Negué con la cabeza, intentando no parecer tan fascinada como una niña rodeada de regalos.

—La persona con la que había quedado no vendrá.

—¿Un novio?

Nos sirvieron los cafés. Aparté la mano, apoyé los codos en la mesa y me sostuve la barbilla, disfrutando de mirarlo.

—No, una amiga. ¿Tú también estás libre?

—Para ti, sí.

Siempre he sido una amante de la naturaleza. Así que le dije:

—Cerca de aquí se puede hacer una caminata por un bosque precioso, pero con este traje tan elegante...

—No te preocupes.

Me disculpé y fui al baño. Al volver llevaba las bragas en el bolso. Oliver señaló hacia un aparcamiento de la parte trasera de un edificio espantoso de varias plantas que asomaba por detrás del tejado del Georgian.

—Tengo el coche aparcado allí, a no ser que quieras que vayamos en el tuyo.

—No, vivo cerca, así que he venido andando.

Veinte minutos más tarde renqueábamos entre el lento tráfico de la ciudad y volábamos luego por una estrecha carretera. El trayecto, aunque corto, me pareció interminable. Por fin vimos la señal que indicaba el bosque y Oliver sacó el descapotable negro de la carretera y estacionó detrás de un grupito de majestuosos pinos. Nos apeamos y tomamos por la pista de hierba que serpenteaba adentrándose en el bosque. Se quitó la corbata y se desabrochó el botón superior de la camisa mientras caminábamos. No tardé en encontrar el sendero que buscaba.

—Por aquí —le dije. Me metí entre la hierba alta, rezando para que la vegetación no lo hubiera invadido todo desde mi última visita. Buscaba un claro apartado que había descubierto por primera vez cuando me paseaba con Ben, el que por entonces era mi marido. Yo había intentado despertar su amor por lo campestre con la manta en el suelo y todo lo demás, pero nunca había sido de los que enseñan el trasero al aire libre.

—¿Adónde demonios me llevas?

—Ten paciencia, estoy buscando pistas. Por algo obtuve una insignia de las Exploradoras, gracias a mi capacidad de orientación. Hay un árbol caído... mira, ahí está. Sólo un poco más... sí, ya hemos llegado.

Me colé por un hueco en una maraña de arbustos enormes.

—Caray, chica, espero que valga la pena.

Suspiré aliviada, porque el claro estaba prácticamente igual, tapizado de hierba tupida y, aquel día, moteado por la luz del sol.

Oliver salió de la maraña detrás de mí, mirando a su alrededor, valorando nuestro escondite.

—¡Vaya...!

Me llevó hasta un árbol y me apoyó en su tronco cubierto de hiedra.

—Ven aquí. —Se me arrimó—. Antes de que vayamos más lejos, porque me estoy portando como un mercenario y... vale que tú deseas lo mismo... pero... sólo quiero decirte que encuentro estupendo haberte reencontrado.

—Yo también —le dije. Pero en realidad «estupendo» era un calificativo que ni siquiera se acercaba a definir lo que estaba sintiendo.

Respirando aceleradamente, Oliver me desabrochó el vestido sedoso y lo dejó caer en el suelo mientras yo forcejeaba con su cinturón y su cremallera para liberarle el pene hinchado, agarrárselo y apoyarlo en mi vientre. Con un gemido que indicaba que no podía esperar, me agarró por las nalgas y, doblando las rodillas, me levantó del suelo. Estaba tan mojada que se me coló dentro sin ningún esfuerzo.

—¡Maldita sea, Hannah... no puedo esperar...!

—¡Dios... yo tampoco!

Dio unas cuantas sacudidas rápidas, pero creo que si se hubiera quedado quieto se hubiera corrido igualmente. Hundí la cabeza en su pecho para ahogar mis gritos, aunque él gemía como un hombre herido y seguro que había espantado a todos los animales de los alrededores.

Me posó en el suelo despacio, sacando la polla que iba recuperando la flacidez, mezclando su humedad con el sudor que me había perlado el vientre. Inspiró profundamente, temblando.

—Madre mía, no había llegado tan rápido desde hacía años.

—Uf. Yo tampoco.

Nos tumbamos en la hierba mullida y seca. Todavía nos temblaban las piernas. Apoyé la cabeza en su vientre y nos pusimos al día.

—Tengo un proyecto de ampliación que me obligará

a vivir aquí, en la ciudad. Acabo de comprar una casa por aquí —me contó.

—¿De veras? —¿Podían los sueños hacerse realidad? Si respondía la siguiente pregunta como yo esperaba...—. ¿Estás casado?

—Estuve a punto de estarlo. Ella se libró por los pelos. ¿Por qué sonríes? Pareces un gato que ha atrapado un ratón. Eh... —Me abrazó más fuerte—. Esto nos irá siempre bien, ¿verdad? Tú y yo. Tenemos que volver a vernos... Pero antes quiero hacerte una pregunta.

—¿Qué quieres saber?

—¿No se te enfría el coño yendo sin bragas?

Nos vimos a la tarde siguiente. Teníamos intención de ir a un restaurante.

—¿Tienes mucha hambre? —me preguntó cuando llegó a mi umbral.

—Estoy hambrienta.

Pareció decepcionado.

—Hambrienta de ti —añadí.

Nos desnudamos mutuamente, despacio, a la luz rosada del sol que calentaba las cortinas corridas. Los hombres nunca me habían parecido hermosos, pero Oliver lo era, con la musculatura marcada pero no en exceso; incluso su pene flácido, largo y delgado, hacía juego con su físico esbelto. En aquel momento, sin embargo, se estaba despertando y el corazón empezó a latirme con fuerza viendo aquella impresionante transformación. Subiendo y bajando la mano, simultáneamente fui descendiendo a besos por el cuello y el pecho velludo de

Oliver. Agarrándolo por las caderas, me agaché delante de sus costados y su vientre terso, subiendo y bajando hasta tener su pene duro entre los pechos. Me arrodillé y me lo metí en la boca, pero, muerta de ganas de tenerlo dentro, me deslicé una mano entre los muslos para calmar mi ansia. La respiración de Oliver se aceleró y cada expiración era un gemido. Noté en la lengua el sabor intenso de su semen. Luego, de repente, se liberó de mí y se arrodilló.

—Espero que te guste —le susurré entre besos ardientes, empujando ávidamente su polla entre mis piernas. Hubiese gritado de frustración cuando se apartó.

—Sólo puedo quedarme un momento. Necesitaba ponerme a prueba después de llegar tan pronto ayer.

Se tendió en la alfombra mullida y me senté a horcajadas sobre su vientre, restregándome húmeda sobre su oscura flecha de vello, notando su erección como una vara en el trasero. Aquello no iba bien.

—Demasiados juegos preliminares —me quejé, latiendo interiormente con una desesperada necesidad.

Me levanté sobre las rodillas y bajé para ensartármela. Me incliné sobre él y le sujeté los brazos contra el suelo. Cerró los ojos y echó atrás la cabeza.

—¡Ah! Ahí voy...

Me clavó los dedos en la carne y lo cabalgué con ganas, empapándole la ingle. Tenía la voz quejosa.

—¡Dios mío, duele...!

Cuando llegó lo hizo con tanta intensidad que se quedó mudo, con silenciosas sacudidas, mientras yo estaba abrumada por mis propios espasmos de éxtasis.

A partir de entonces, nuestro cariño faltó a su promesa y se desbocó. La lujuria fue en aumento y se convirtió en un amor embriagador. Cuando ya no fuimos capaces de decirnos buenas noches, vendí mi casa y me mudé a la vieja granja llena de recovecos de Oliver. Era la dicha.

Supongo que nada permanece para siempre. Insidiosamente, el trabajo de Oliver empezó a eclipsar nuestra relación. Si al principio hacíamos el amor en cuanto él entraba por la puerta, ahora no pasábamos de un polvo rápido de vez en cuando.

Desesperada por recuperar nuestra intimidad, por no decir nuestra lujuria, preparé unas vacaciones sorpresa para ambos en mi isla griega preferida. Su reacción me dejó claro lo poco que lo conocía en realidad. Me lanzó una mirada helada y su rechazo categórico me sentó como una bofetada.

—Ya te hablé del trato que tengo entre manos. ¿Es que no me escuchas? ¡Claro que no puedo ir! Ve tú.

En el silencio hosco de los días que siguieron, intenté convencerme de que aquello no era más que una simple riña, pero en el fondo sabía que se trataba de algo más profundo que eso. La rudeza que hacía de Oliver un hombre de negocios tan exitoso se había extendido a nuestra vida en común. Siempre he sido de decisiones rápidas, así que después de llamar a una amiga y mendigarle una cama, metí en la maleta un par de trajes, le escribí una nota a Oliver y me marché.

Me pasé una semana entera sin responder a sus mensajes al móvil, porque ninguno era de disculpa. ¡Oh, claro! Estaba deseando hablar con él, me moría por abrazarlo, pero no había cancelado las inminentes vacaciones y al final de aquella semana interminable decidí seguir adelante.

En el viejo ferry renqueante a la isla, de la que sobresalían dedos de tierra que me atraían hacia blancas calas recogidas y las colinas verdes salpicadas de elegantes cipreses, me preguntaba si había tomado la decisión acertada. Cuando desembarqué en el muelle, con el tremendo sol que blanqueaba la tranquilidad del puerto, me recibió con calidez Aglaia, el agente turístico.

—Y éste es Nikos —me dijo, señalando a un hombre fuerte y sonriente, aproximadamente de mi misma edad. Levanté la cabeza y me encontré con unos traviesos ojos oscuros de chispitas doradas y pestañas negras imposiblemente largas—. Sus padres son quienes alquilan el apartamento. La acompañará hasta allí.

—*Yia sou* —dijo Nikos—. *Ti kanete?*

—*Yia sou*. Estoy bien, gracias. —Me alegré de que hubiera escogido las únicas palabras griegas que yo sabía, porque pareció complacido.

Al cabo de unos días tenía la piel ligeramente bronceada y en el pelo castaño rojizo me habían aparecido mechas cobrizas. Paseaba por los olivares, me bañaba en playas de blancos guijarros, comía en las agradables tabernas del puerto y, aunque Oliver seguía inmiscuyéndose en mis pensamientos cuando estaba despierta, ya no poblaba mis sueños.

Nikos solía charlar conmigo en la conocida taberna de su familia. Aparte de ser llamativamente apuesto, tenía una alegría y se tomaba las cosas con una calma que, en comparación con la intensidad de Oliver, yo encontraba algo reconfortante y completamente encantador. Me acordaba de un consejo que me había dado mi amiga al irme y que me hacía gracia: «La mejor manera de sacarse de encima a un hombre es meterse debajo de otro.»

—¿No te aburres aquí? —le pregunté a Nikos una tarde.

—¿Teniendo al lado a una hermosa mujer? ¡Qué va! En cualquier caso, no paso aquí el año entero. Estudio en la universidad, económicas.

Sonrió al ver mi cara de sorpresa.

—Me encuentras demasiado mayor para ser estudiante. Pero a los treinta uno no es tan viejo. Trabajaré en el continente cuando termine la carrera. —Con un gesto de la mano recorrió la bulliciosa taberna—. Llevar esto se me queda corto. —Inclinó hacia un lado la cabeza—. ¿Y tú? ¿Por qué estás sola?

Me había tomado unos tintos y estaba desinhibida.

—He tenido problemas con mi pareja.

Se inclinó hacia mí y me dio un beso en la mejilla. Fue un gesto de dulzura.

—El corazón sanará.

Al día siguiente, con espíritu aventurero, alquilé un pintoresco bote al protestón padre de Nikos, Theodore, el típico viejo griego de pies a cabeza. Reacio a confiar su embarcación a una mujer «inferior», me enseñó el funcionamiento del motor fuera borda y a tirar del cabo del ancla, refunfuñando.

—Los «hombres» llevan el motor. Las «mujeres» tiran del cabo.

Por suerte, aquel día la mar estaba en calma, así que pude gobernar el pequeño bote de Theodore surcando las olas. Pasadas cuatro concurridas calas, encontré, tal como esperaba, una desierta. Tras un desembarco fallido que hubiera hecho a Theodore llevarse las manos a la cabeza, eché amarras, desembarqué torpemente en una cálida lengua de guijarros, me tendí en la toalla y me puse el sombrero de paja. Planté una sombrilla en la orilla, por pudor, y me pasé con el vino después de tomar un almuerzo a base de aceitunas y queso. Oía el tintineo de los cencerros de las cabras en lo alto del acantilado y me quedé plácida y profundamente dormida.

Cuando me desperté y miré soñolienta a mi alrededor, el sol estaba bajo en el horizonte. Al borde del agua yacía la sombrilla, boca abajo, allí donde el viento la había arrastrado. Me levanté y me desperecé. Entonces me quedé helada, porque mirándome desde una barca que cabeceaba suavemente en las olas estaba Nikos.

Inspiré profundamente cuando se bajó de la barca y vadeó hacia la playa, con la piel olivácea brillante por el agua que le mojaba los pantalones cortos; la tela húmeda se pegaba a sus atributos, resaltándolos.

No me moví. Únicamente bajé los brazos mientras se me acercaba. Juguetón, me quitó el sombrero y lo arrojó a los guijarros.

—Llevas demasiada ropa. Vamos. —Me tomó de la mano y corrió conmigo hacia un montón de rocas que había al pie de los acantilados. Había recogido la toalla por el camino y la extendió entre ellas. Sin apartar los ojos de los míos, se quitó los pantalones.

Era un descaro, pero en aquel mundo refulgente turquesa y oro de mar y sol, lo encontré simplemente seductor, y me justifiqué pensando: «Tú lo has querido, Oliver.»

Sostuve el maleable escroto en una mano, amasándolo con cuidado.

—Supongo que sacarse los pantalones delante de una dama es la versión griega de los juegos preliminares.

Sonrió.

—¿No te gusta?

No respondí porque me costaba respirar. Su largo pene había dejado de estar flácido y se empinaba sobre su vientre plano. Hablaba con voz suave.

—Tiéndete a mi lado.

Nos tumbamos en la toalla, muy juntos. Una roca se me clavaba en el trasero. La pasión todavía no se había apoderado de mí lo suficiente y tuve una ocurrencia; solté una risita ahogada.

Nikos pareció ofendido.

—¿He hecho algo gracioso?

—Estoy entre una roca y una verga.*

Pareció desconcertado, así que le agarré de la verga.

—Luego te lo explicaré. Es un viejo dicho inglés.

Me hizo el amor al principio lánguidamente, despacio y jugando, penetrándome apenas y retirándose luego para besarme el vientre, lamerme entre los muslos, acariciarme y probarme con la lengua hasta que levanté las caderas, deseosa de más. Cuando por fin me penetró, estaba tan tremendamente excitada que el orgasmo me sacudió al instante y él lo alcanzó violentamente con instinto animal. Nuestros gritos se mezclaron.

* Juego de palabras intraducible. Estar *caught between a rock and a hard place* es hallarse en una situación en la que uno se ve obligado a escoger entre dos alternativas igualmente poco gratas. *(N. de la T.)*

Pasamos el resto de mis vacaciones juntos, haciendo el amor, conociéndonos, haciendo el amor otra vez. Por las tardes me sentaba en la taberna de su familia, disfrutando del aire perfumado de angélica, y me contentaba con verlo trabajar, sabiendo que no tardaría en tenerlo en mi cama.

El último día me llevó a la casa de campo apartada de un amigo, que asomaba por encima de olivares que descendían hacia el mar.

—Mi amigo está fuera y yo cuido de esto.

Después de tomar un refresco, fuimos al espacioso dormitorio. Nikos abrió las persianas azules que daban a una terraza descubierta pintada de ocre y tapizada de buganvillas carmesíes. Nos quitamos la ropa y, con una suave brisa perfumada refrescándonos la piel, nos tendimos en la cama, felices sólo por el hecho de besarnos largamente. Nikos era estupendo simplemente siendo cariñoso, no sólo en el sexo, y le encantaba acariciarme todo el cuerpo; se alejaba para contemplarme y me echaba el pelo hacia atrás y me lo esparcía sobre la almohada sin apartar los ojos de mi cara. Ya había aprendido también que era un amante imaginativo. Aquella vez hundió los dedos entre mis muslos ya empapados y sondeó hacia atrás.

A los dieciocho años tuve un novio llamado Sean. Ignoraba yo entonces que el sexo pudiera ser otra cosa que ir directamente al grano, así que cuando una noche me metió un dedo entre las nalgas me quedé helada y le pregunté indignada qué demonios creía que estaba haciendo.

—Me meto donde no brilla el sol, cariño.

Me dije que no podía rechazar algo antes de haberlo probado y dejé que Sean siguiera adelante. Me dejó sorprendida la intensidad de mi orgasmo. Lo mismo me pasó con Nikos. El mundo explotó y cuando mis gritos se apagaron convertidos en un gemido, se masturbó y eyaculó sobre mí.

—Chica mala... —me regañó cuando recuperamos el aliento—. Asustarás a las cabras.

De repente tenía la mirada triste y me abrazó con ternura.

—¡Me da tanta pena que te marches...!

Pensé en cómo al principio lo había usado como un antídoto para Oliver (qué superficial) y una voz interior se burló de mí respondiéndome: «Te lo tienes bien merecido si no eres para él más que otra Shirley Valentine. Seguramente ya está pensando en su próxima conquista.»

Intenté bromear para ocultar el dolor que empezaba a atenazarme el corazón.

—¿Me echarás de menos? Sé lo que echarás de menos. —Bajé la mano hasta dejarla encima de su vientre plano, pero él me la agarró, mirándome fijamente a los ojos.

—Creo que me he enamorado.

—¡Oh, Nikos... eso es tan...!

—Calla... —Me puso un dedo sobre los labios—. Ahora nos despediremos bien, así... —Se tendió encima de mí, con el pene flácido entre mis muslos y me besó apasionadamente—. Y así... —En cuanto empezó a tenerla dura me penetró y noté dentro cómo iba creciendo. Apenas nos movíamos, mirándonos a los ojos, y cuando nos corrimos lo hicimos a la vez, con la vista fija en la mirada del otro. Aquello no fue follar, fue verdaderamente hacer el amor.

Más tarde nos quedamos en la terraza contemplando el enorme sol ponerse incendiando el horizonte, sin decirnos nada, y en aquel momento deseé quedarme allí para siempre, apoyada en Nikos, fundida en su abrazo.

Me marché de la isla a la mañana siguiente. En el amanecer rosado, la silueta de Nikos iba disminuyendo en el muelle y el dolor de mi corazón era indescriptible. Pensé en Oliver. ¿Era posible amar a dos hombres a la vez?

Aquella tarde, cansada por el viaje pero muy lúcida, me encaré con Oliver y supe que lo que había estado planeando durante el viaje seguía vigente.

Todo esto sucedió hace dos años. Levanto la cabeza y pienso en lo que adoro a este marido mío cuando entra en nuestra habitación.

—Estaba pensando en la primera vez que me hiciste el amor.

—Con el cielo por testigo.

Se tiende en la cama, a mi lado.

—Vamos a tomar el té. —Me acaricia la curva del vientre, todavía poco pronunciada—. Tenemos que pensar un nombre.

—Si es niño, me gustaría que se llamara como su padre.

Se lo piensa un momento y luego asiente satisfecho.

—Sí. Me gusta. Se llamará Nikos.

Inundación repentina

Lynn Lake

Cuando mi novio, Donny, se rompió una pierna practicando *luge* con un grupito de colegas borrachos dos días antes de salir de viaje para Australia durante las vacaciones de Navidad, tal como teníamos planeado, me puse hecha una fiera. Pensé en cancelar el viaje y quedarme en casa, en la granja de Grand Prairie, en Alberta. Pero no me devolvían el importe de la reserva de hotel y las previsiones eran que en los siguientes siete días haría un frío intenso seguido de un frío brutal. Así que no me lo pensé mucho. Le di un beso a Donny y caminé por la nieve acumulada hasta el taxi que me estaba esperando.

Como vivía en una zona rural con mis padres, lo más que me había alejado nunca de casa había sido para ir a Edmonton, al funeral de un familiar. El maravilloso viaje a Australia representaba para mí la primera ocasión de irme sola, de probar mis alas, de ampliar horizontes, ver cosas nuevas y conocer gente antes de cumplir veintiún años. Siendo una chica de campo, me había tirado a unos cuantos vaqueros y a unos cuantos camioneros, pero eso había sido todo.

Estábamos a −30 ºC cuando me subí al avión en Edmonton y a 30 ºC cuando me bajé en Sidney. Salí corriendo del aeropuerto para caer en el abrazo del sol y lancé mi gorra de lana al aire como una bronceada Mary Tyler Moore.

Sidney era espectacular: la Ópera, el Hardbour Bridge, The Rocks, playas de arena dorada y un mar cálido y transparente. Hacía las visitas turísticas de rigor temprano, para tener postales que mandar a mis padres y a Donny. Luego me ponía un biquini de tiritas y me zambullía en la playa para librarme de la palidez invernal que me caracterizaba y broncearme, madura y jugosa bajo el sol abrasador.

Después de un largo día en la playa solía echar una siestecita en la habitación del hotel antes de salir a cenar y a disfrutar de la vida nocturna de Sidney. Pero después de pasar una tarde particularmente esclarecedora disfrutando del sol en la playa de Cobbler, una playa nudista, el calor que sentí no era debido al sol ni al centelleo del mar.

Me senté al borde de la cama de mi habitación de la planta décima, ardorosa. Recordaba una pareja particularmente hermosa que había visto: un fuerte australiano rubio que estaba buenísimo y su tetuda novia de pelo color arena; cuerpos duros relucientes como el bronce con las partes blandas sacudiéndose y meneándose deliciosamente.

Dejé la cama y me quedé de pie delante del espejo de la pared, con las manos a los lados como una pistolera sexual, preparada para disparar. Sólo llevaba una camiseta blanca de fútbol australiano y unos pantalones cortos azul celeste. Me contemplé. Los pezones se me endurecieron y se me humedeció la entrepierna mientras me imaginaba a la pareja rubia de la playa (Guy y Kylie, los llamé) entrando en el agua, los dos desnudos, los cuerpos bronceados fundiéndose, los labios encontrándose.

Guy estrechó a Kylie contra su pecho musculoso, con las manos abiertas sobre su espalda arqueada y las bajó hacia su trasero redondo y mullido. Le asió y le apretó las tensas y doradas nalgas mientras Kylie gemía en su boca y las lenguas rosadas brillaban juntas a la luz del sol.

Teníamos una playa luminosa toda entera para nosotros: Guy y Kylie en las olas, besándose y morreándose y sobándose; yo en la orilla, quitándome el biquini, mirando a los amantes. Ellos me miraron, con chispitas en los ojos, evaluando mi cuerpo desnudo y asintiendo con aprobación. Entonces, Kylie echó atrás la cabeza, con el cabello rubio en cascada, y Guy se le echó al cuello, besándola y lamiendo la suave y vulnerable piel, dándole mordisquitos.

Gemí mientras Kylie gemía, mirando fijamente mi reflejo. No sé cómo pero ya tenía la camiseta y los pantalones en un montón a mis pies. Levanté las manos con los dedos temblorosos y me sostuve los pechos desnudos.

—¡Sí! —clamé, apretándome los electrizados montículos y provocándome un escalofrío que me recorrió entera.

Agité la melena morena y me amasé las tetas. Tenía

los pezones rosados tiesos y aspiraba por la nariz el aire salado, entusiasmada con lo que vendría. Los atletas se estaban besando otra vez. Las manos fuertes de Guy trabajaban las nalgas rellenas de Kylie y ésta agarraba la cabeza de Guy y atacaba salvajemente su boca.

Me toqué los pezones duros. Temblaba de pies a cabeza de lujuria. Y entonces... se puso a llover.

Estaba de pie delante de la puerta corredera abierta que daba a la terraza y sólo una cortina delgada de gasa me separaba del mundo exterior. Eché un rápido vistazo a las gotas que mojaban la moqueta verde. Pero no iba a dejar que una lluvia de nada frustrara mi fantasía, así que la incorporé a ella.

Me acerqué a la puerta abierta, todavía viendo mi reflejo en el espejo, todavía pensando en Guy y Kylie. Saqué la mano por la cortina, recogí un poco de agua cálida y me humedecí el cuerpo. Juro que oí el agua evaporarse con un siseo. Me eché más agua encima, hasta que estuve casi tan mojada como la osada pareja que hacía el amor en el océano. Luego me toqué otra vez los pechos mojados con las manos empapadas y me los apreté de nuevo, pellizcándome los pezones.

—¡Sí! —gemí. Una dulce sensación de ardor me recorrió todo el cuerpo desde los pezones. Tiré de ellos con suavidad primero y luego más fuerte.

Cerré los ojos y me dejé llevar por la imaginación. Guy se sostuvo la polla dura y penetró a Kylie, que gritó y se le subió, abrazándole la cintura con las piernas brillantes, colgada de su cuello. Él la sostuvo por el trasero y le hizo batir las caderas, con la polla entrando y saliendo de su coño dilatado, justo delante de mí.

Deslicé una mano por la barriga, hacia abajo y entre mis piernas, notando el suave y mullido vello y luego buscando mi engrosado clítoris. Me daba vueltas la cabeza y me estremecí, con el coño tan ardiente como el resto de mí.

Guy movía como un pistón su reluciente pene en la vagina chupona de Kylie, con la deliciosa musculatura de las piernas y de los brazos y de la espalda marcada. Kylie estaba colgada del cuello de Guy, con el culo rebotando sobre su verga impulsora, con la lengua hundida en su boca, con el cuerpo y los pechos meciéndose al ritmo de la polla de Guy.

Ansiosamente me acaricié los pechos suaves y sensibles, frotándome sin parar el clítoris. Saqué una mano por la cortina y recogí más agua de lluvia con la que me humedecí los pechos y la vulva, para lubricar mis caricias eróticas. Me pellizqué un pezón tan fuerte que creí que me reventaría, que yo reventaría con él.

Llovía con fuerza a poca distancia. Unas nubes oscuras corrían por el cielo y tapaban el sol. Sin embargo, yo únicamente veía a Guy en el agua centelleante, bajo un cielo despejado, follando con Kylie, que se contorsionaba en sus brazos musculosos, con los pechos estremecidos y el cuerpo sacudido por el placer. Atrajo la cara de Guy hacia sus tetas mientras el orgasmo se desencadenaba en su interior y se dejaba arrastrar por él.

Hundí por completo tres dedos en mi escurridiza vagina y me la sacudí como Guy había sacudido a Kylie hasta dejarla aturdida por el orgasmo, con el pulgar sobre el clítoris y acariciándome los pezones con la otra mano. Guy abrió la boca y arqueó el cuerpo. Llenó de semen caliente y salado las entrañas de Kylie y los dos llegaron a la vez, sacudiéndose tan violentamente que pareció que iban a caerse y a hundirse en el agua.

Justo en aquel preciso momento, un húmedo y tremendo orgasmo me recorrió en oleadas el cuerpo mojado, desde la vagina batida por los dedos y el clítoris estimulado por el pulgar, y me sacó del mar junto con mis amantes imaginarios. Se me doblaron las rodillas de placer y chorreé mi dicha; me dejé caer en la moqueta que había sido la arena de mis fantasías, sin aliento.

Pasó un minuto entero antes de que abriera por fin los ojos. Le guiñé un ojo a la chica desnuda del espejo. Luego me saqué los dedos empapados de la vagina, preguntándome sin demasiada preocupación si el charco de la moqueta dejaría una mancha. Todavía chorreando, me puse de pie y aparté la cortina para salir al balcón, dejando que la lluvia me refrescara un poco y eliminara la pegajosa prueba de que me había masturbado.

Las gotas me aliviaron el ardor de la piel y arqueé el cuerpo para que me dieran de lleno, con la cabeza hacia atrás, los ojos cerrados y la boca abierta. Se había desatado una tormenta en toda regla. Los relámpagos iluminaban el cielo plomizo y retumbaban los truenos. Probablemente habría una inundación repentina en las afueras. Lo sabía porque lo había leído. Pero yo seguía adelante con el juego, disfrutando de la experiencia después de haber inundado mi habitación.

Alguien se rio.

Abrí de golpe los ojos y me enderecé. De pie, en el balcón contiguo, separado del mío sólo por una reja y a menos de dos metros de distancia, había un hombre y una mujer, mirándome fijamente a mí, desnuda, con una sonrisa lasciva en la cara.

Me tapé el pecho con un brazo y la entrepierna con una mano. El hombre soltó una carcajada y dijo algo en alemán o en holandés.

—¡Soy canadiense! —le grité.

Él se señaló los ojos y luego señaló mi habitación.

—Te hemos visto —dijo, sonriendo.

Me di la vuelta. El espejo de mi habitación se veía perfectamente a través de la cortina de gasa. Volví a girarme y me pasé la mano del culo a la entrepierna. El hombre y la mujer estaban tan empapados como yo y, desde donde se encontraban, tenían que haberme visto por el espejo.

—Te hemos visto —me aseguró el hombre, sonriendo de oreja a oreja.

Me puse tan colorada como Ayers Rock.

—Soy Ralf —me dijo el tipo con simpatía, como si ser testigo de la masturbación de una chica fuera lo más normal. Puso las manos en los hombros de su compañera—. Y ésta es Astrid. ¿Podemos... unirnos a ti?

Me quedé con la boca abierta mientras veía a Ralf saltar de su balcón al mío. Ayudó a Astrid a hacer lo mismo y nos quedamos los tres de pie allí, juntos, en los ocho metros cuadrados de moqueta y cemento y barandilla, yo desnuda como vine al mundo. Eso sí, mis invitados no tardaron en estar igual.

Se quitaron rápidamente las prendas húmedas y se libraron imperturbables del montón de ropa empapada, tan descaradamente desnudos como yo. Justo allí, hasta donde abarcaba la vista, había embarcaciones de recreo y barcos mercantes, gente que hacía parapente en el agua, prácticos del puerto y vecinos con balcón.

No podía creer que algo así estuviera sucediéndome, que mi exhibición involuntaria de lujuria me hubiera metido en aquello.

Miré fijamente a los dos. El cielo seguía mojándonos. Parecían gemelos: ambos eran altos y esbeltos, con el pelo y las cejas muy rubios por el sol y unos ojos azules, grandes y expresivos, y estaban bronceados de pies a cabeza. Astrid llevaba dos coletas y, en el pecho, alto, respingón, un *piercing* de plata en cada pezón de color café con leche. Llevaba el monte de Venus tan pelado como el desierto australiano y una anilla de plata en los labios de la vulva.

Ralf tenía la cara más cuadrada que Astrid y llevaba el pelo al cero. Tenía el cuerpo terso y nervudo, con tatuajes en los hombros. Bajé los ojos hacia su pene y me quedé todavía más boquiabierta al ver que el miembro bronceado estaba creciendo y empinándose ante mis inocentes ojos.

Ralf señaló el espejo y dijo:

—Te ayudaremos a pasártelo bien... —Describió un círculo con el índice—. Los dos.

Astrid asintió, sonriente. Me tocó el hombro y me estremecí, a pesar de la lluvia cálida y del calor bochornoso. Se situó pausadamente detrás de mí, me agarró por los hombros, me los apretó y se apretujó por entero contra mi espalda. Un fuerte estremecimiento me recorrió, me temblaron los pezones duros y la entrepierna.

Me sentía débil y a salvo y hermosa mientras Astrid me sostenía contra su cuerpo suave y caliente, con la lluvia mojándome la piel hormigueante. Cerré los ojos y suspiré. Entonces noté unas manos en los pechos y abrí los ojos. Ralf los sostenía en las manos y me los acariciaba, mirándome con sus ojos azules y brillantes. Con los dedos largos me pellizcó los pezones hinchados.

Gemí de placer.

Era una completa locura que me dejara tocar por una pareja de absolutos desconocidos en el balcón de un hotel, a la vista de todo el mundo, en plena tormenta. Pero ya ni me acordaba de mi tensa y educada reacción y de mi actitud cauta del principio. Así que cuando Ralf me besó suavemente me pegué a sus labios, atraída como un rayo por un pararrayos.

Besó a Astrid por encima de mi hombro y luego a mí de nuevo, con más firmeza esta vez. Cuando volvió a hacerlo por tercera vez, nuestras bocas se fundieron. Me metió la lengua entre los labios y buscó la mía, apoyándome en el vientre su polla dura y caliente.

Nos morreamos. Me daba vueltas la cabeza y Ralf movía las caderas, deslizando el pene sobre mi piel resbaladiza. Luego se apartó y besó a Astrid, y otro par de manos me agarró los pechos: las manos de Astrid. Me los acunó y masajeó, sin interrumpir en ningún momento el contacto con Ralf, que me puso las manos en las caderas y bajó la cabeza para hacerme cosquillas en un pezón duro con la punta de la lengua. Solté un grito ahogado. Astrid me mordisqueó el cuello, sosteniéndome con firmeza las tetas, ofreciéndoselas a su amante... a mi amante.

Ralf me pasó primero la lengua húmeda y rosada alrededor de un pezón y luego alrededor del otro, dibujando mis areolas rugosas. Temblé de placer. Astrid me chupaba, me besaba y me mordisqueaba el cuello y me retorcía los pechos; Ralf me lamía los pezones; los tres estábamos a la vista de todos, allí fuera, empapados por la lluvia.

Ralf cerró los labios alrededor de uno de mis pezones y me lo chupó, y yo me humedecí todavía más. Tiró de mi pezón, ya muy duro, todavía con más fuerza y más hacia arriba, con su aliento caliente en mi pecho. Luego lo soltó y me chupó el otro. Los dedos ágiles de Astrid se apoderaron de lo que la boca de Ralf había soltado. Cuando me mordió el lóbulo de la oreja al mismo tiempo que Ralf me mordía un pezón dolorido, aquello me superó y aullé de dicha.

La cosa se prolongó. Yo tenía la mente confusa y el cuerpo embotado y lánguido. Al final me encontré de rodillas en la moqueta empapada, con Astrid a mi lado y la gran polla chorreante de Ralf entre ambas. Un relámpago iluminó el cielo y un trueno sacudió el edificio mientras Astrid rodeaba con la mano el pene erecto de Ralf, se lo metía en la boca y le chupaba el glande. Mantenía sus ardientes ojos azules fijos en los míos, desafiándome a hacer lo mismo.

Ralf gimió. Miré al hombre tembloroso y el hilillo de lluvia que le bajaba por el torso. Me agarré a su pierna para sostenerme y llevé una mano a su culo firme y apretado. Entonces noté que algo chocaba con mi mejilla y miré hacia abajo. Era la polla de Ralf, brillante de saliva de Astrid y esperando la mía.

Tragué ruidosamente. Luego abrí la boca y me metí el glande de Ralf entre los labios. Él gimió y me agarró de la cabeza. Aparté la mano de Astrid y le agarré la polla, cada vez más gorda y amenazadora, como las nubes negras que teníamos sobre la cabeza.

El pene de Ralf palpitaba en mi mano. Incliné más la cabeza, acogiendo en la boca más y más antes de retroceder chupándosela. Moví la cabeza de arriba abajo, con la carne palpitante deslizándose entre mis labios. Le agarré el tirante escroto y su pene se sacudió en mi boca.

La sensación de poder lascivo de tener a un hombre agarrado por las pelotas y la polla era electrizante y me resistía a renunciar a ella. Pero Astrid me arrebató la verga de Ralf y se puso a chupársela. Nos fuimos pasando la húmeda polla, lamiéndosela y chupándosela, mamándosela una y otra vez mientras el cielo se hundía sobre nosotros.

Entonces, Astrid recorrió con los labios un lado de la erección de Ralf y yo el otro, compartiendo al hombre. Él nos hundió los dedos en el pelo, tembloroso. Le recorrimos la polla de arriba abajo. Nuestras lenguas se encontraban en la venosa parte inferior y nuestros labios lo hacían en el glande. Ralf nos empujaba para que juntáramos la cabeza y las chicas nos besamos entrelazando las lenguas.

Al final acabé de cuatro patas, con Ralf detrás de mí y Astrid tendida y abierta de piernas delante. Se agarró las tetas, se miró significativamente la vulva lampiña y luego me miró a mí. Tragué saliva, la agarré de los muslos y hundí la lengua es sus brillantes pétalos.

Gimió de placer mientras le pasaba la lengua por los labios de la vagina, saboreándola y provocándola. Luego arrastré la lengua lenta y pesadamente por la raja del culo desde el ojete hasta el labio con la anilla plateada y el clítoris. Lamí la zona repetidamente, porque Ralf estaba incitándome a hacerlo así embistiéndome con el pene las temblorosas nalgas.

Mantuve abierta la vulva de Astrid con los dedos y lamí su interior rosado, jugando con la anilla de plata antes de cerrar los labios sobre su húmedo clítoris y chupar. Ralf me recompensó penetrándome. Se clavó en mi interior como una sombrilla en la arena húmeda, hasta que su cuerpo entró en contacto con mi trasero. Luego se puso a follarme, sujetándome por las caderas, entrando y saliendo de mi coño chorreante.

Me costaba respirar, todavía levemente asida a la sensatez y la cordura, mientras le chupaba el clítoris a una mujer al mismo tiempo que un hombre me la metía. Astrid me empujaba la cabeza contra sí y su aroma almizclado y las secreciones ácidas me inundaban los sentidos. Ralf me tenía empalada por detrás, llenándome hasta rebosar, la lluvia caía a cántaros sobre nuestros cuerpos ardientes y se evaporaba.

Los relámpagos chasqueaban y los truenos retumbaban. Me puse a temblar descontroladamente, un orgasmo tremendo me recorrió en oleadas, de pies a cabeza, desde la vulva. Chupé desesperada la vagina de Astrid, masajeándole el clítoris con un dedo. Gritó y se estremeció. Derramó sus jugos almizclados y calientes en mi boca, casi ahogándome.

Ralf gritó fuerte también y se corrió. El semen cálido me inundó y los tres nos hundimos en un mar de éxtasis.

Tardamos un buen rato en desenredarnos, empapados y satisfechos. Ralf nos ayudó a Astrid y a mí a levantarnos, momento en el que los tres recibimos una ovación clamorosa de dos chicos asomados al balcón de arriba. Más tarde, aquella noche, ellos también acabaron formando parte de mis planes de vacaciones.

Es increíble el modo en que un cambio de aires y exhibirse un poco puede hacer por tu modo de ver la vida... y por tu vida sexual.

Uno bien vestido

Jordana Winters

—Caramba. A ése sí que le sienta bien un traje —ronroneó.
—¿Dónde?
—El que acaba de entrar.
En un exclusivo restaurante francés no demasiado abarrotado, tres pares de ojos se volvieron hacia la puerta.
—Procurad ser un poquito más discretas... —reprendió Brooke a sus amigas con voz ahogada.
Brooke echó una significativa mirada a sus dos mejores amigas. La hacía feliz tenerlas. Siempre esperaba con impaciencia la cita semanal con ellas. Tenían por costumbre ir al gimnasio juntas y luego tomarse un café o comer algo. El marido de Cheryl se encargaba de los niños mientras que el novio de Kate hacía vete a saber qué.
—Tienes buen ojo, desde luego —dijo Cheryl, y sonrió coqueta antes de volver a dedicarse a su porción ya mediada de tarta de fresas.
—A mí también me encanta un guaperas trajeado.

Me recuerda al tipo de la oficina en la que trabajé hace una temporada —dijo Brooke, sin dejar de mirar al hombre de la barra.

—Nunca lo habías mencionado —la pinchó Kate.

—No merecía la pena hacerlo. Estaba casado y tenía dos hijos. Hice algunas preguntas sobre él. Estaba cañón. ¿Sabía que bebía los vientos por él? ¿Era un instructor o algo parecido? ¿Tenía una sala para dar clase justo enfrente del comedor? Siempre que lo veía era cuando iba por un café.

—Brooke. Eres tan bromista... —Cheryl resopló y tomó un sorbo de café.

—No creas que siempre bromeo. Yo me limitaba a saludarlo brevemente cuando nos cruzábamos en la entrada. Fue él quien me habló primero. Después de darme los buenos días me preguntó cómo estaba. Así empezó. Por lo que fuera. Supongo que estaba de humor. Estaba en buena forma. Lo había visto algunas veces sin americana. Tenía unos hombros anchos. Era calvo e iba bien arreglado, con perilla. Me parece que también le favorecía el traje. Sólo tenía un aspecto tan atractivo si llevaba traje —recordó Brooke.

—Que tu próxima conquista sea así. Un guaperas trajeado. ¿Cuánto llevas en dique seco? —se burló Kate, que sabía que Brooke llevaba un tiempo sin darse una alegría.

—Cuatro meses. Ahora es cuando empiezo a morirme de ganas. Me parece que has tenido una buena idea. Todavía no me he follado a un «hombre de negocios» —bromeó Brooke.

—Ve por él y no olvides contárnoslo con pelos y señales, sobre todo, los detalles escabrosos —dijo Cheryl, y soltó una carcajada.

—Eres la mujer casada más obsesionada por el sexo que conozco —le comentó Kate.

—Billy ha cambiado de turno. Trabaja de noche. Yo trabajo de día. Nos vemos poco. Pero, desde este momento y hasta el sábado... —Hizo una pausa—. ¡Mi marido va a follarme!

—¡Aleluya! No pienses que te va a follar a ti. Tú te lo vas a follar a él —bromeó Brooke. Echó una ojeada a la espalda del tipo mientras iba hacia la puerta, café en mano—. Sí. Apuesto a que esconde un culo de fábula bajo ese traje.

Era viernes. Un día de porquería. Todo lo que le podía ir mal le había ido mal. Quería irse a casa, comerse las sobras de comida china del día anterior y darse un baño caliente.

Una vez en el coche, Brooke se las apañó para engancharse las medias con una uña rota. Miró cómo la carrera continuaba hacia arriba y no se detenía hasta llegar a la cinturilla elástica.

—¡Maldita sea! —se quejó.

Entonces se acordó de su cajón de las medias e intentó recordar si le quedaban algunas por estrenar. Había abierto el último paquete aquella mañana. Un par de medias de ocho dólares le había durado un día, por lo menos. ¡Qué desperdicio! Mirándolo por el lado bueno, al menos la otra media era salvable.

Se planteó ponerse unos panties para la reunión de la

mañana siguiente con los mandamases de la empresa para la que trabajaba, pero se lo pensó mejor. Brooke quería estar de lo más elegante con falda... lo que implicaba que necesitaba conseguir otras medias. De camino a casa había un Macy's. Serviría. Podía entrar y estar fuera en cinco minutos.

Recorrió la tienda como una mujer con un objetivo concreto, taconeando sonoramente. El establecimiento estaba cualquier cosa menos vacío. Había clientes y empleados por todas partes.

Cuando tuvo lo que buscaba en el bolso, cruzó por el departamento de caballeros y vio a un hombre estupendamente vestido a través de los estantes de prendas. Aminoró el paso y atajó por un pasillo.

Lo miró más detenidamente y se le acercó despacio. Llevaba un traje oscuro y camisa azul pero sin remeter. Se había aflojado la corbata. Joder. A Brooke le encantaba aquel estilo desenfadado. No podía ser mucho mayor que ella, cercano a los cuarenta quizás. Iba muy bien arreglado, rapado y con perilla recortada. Hubiese apostado a que tenía las manos más suaves que la mayoría y que usaba una colonia cara. Tenía que ser suyo.

Como si notara que lo estaban mirando, él levantó la cabeza y la miró a los ojos. Encantador. No podía apartar los suyos. Le sostuvo la mirada y caminó hacia él.

—¿Se ha perdido? —le preguntó el hombre, con una profunda voz de barítono.

—¿Perdido?

—Supongo que no está comprando algo para usted —bromeó él mientras ella pasaba las prendas de un perchero.

Brooke le echó un rápido vistazo a la mano izquierda. No llevaba anillo. Bien.

—A lo mejor estoy buscando algo para un novio... para mi padre o mi hermano —arguyó.

—No lo creo —repuso él, sin quitarle los ojos de las medias.

—Este traje es verdaderamente sexy. Eh... quiero decir... Tú estás sexy con este traje —comentó ella, mirándolo a los ojos.

¡Qué ridículo! No podía creer lo que acababa de escapársele. Se había pasado cuatro pueblos. Se dijo que si un hombre le decía aquello mismo a una mujer, se merecía una bofetada... por muchas lindezas que las mujeres pudieran soportar.

Descolgó una camisa de un perchero.

—Encuentro que la que llevas te sienta de fábula. ¿Por qué no te pruebas ésta para mí?

El tipo ni siquiera parpadeó. ¿Solían pasarle aquellas cosas? Le daba igual. Se dio la vuelta y se encaminó hacia los probadores.

—Vienes detrás de mí, espero —dijo sin volverse.

Echó un vistazo a la zona. No había ni un alma cerca. Fue hasta un probador vacío del fondo. Se dio la vuelta, lo agarró de la corbata y lo arrastró dentro.

Dejó caer el bolso al suelo, se quitó el abrigo y se apoyó en la pared.

—¿Cómo te llamas? —le preguntó él.

—Kate —mintió ella, pensando en lo mucho que su amiga apreciaría estar directamente implicada en su última aventura sexual.

—Yo me llamo Richard.

—Bueno, Richard. Te aseguro que me encantaría verte sin ese traje.

No le ofreció ayuda para desvestirse. No tenía intención de ayudarlo. Lo miró mientras se sacaba la corbata despacio y se quitaba la camisa. Su aplomo la desarmó. El calor le subía desde la entrepierna. De repente la habitación parecía estar a mil grados.

Estaba en buena forma. Sin camisa, tenía la piel más morena de lo que cabía esperar en invierno. Seguramente pagaba sesiones de rayos UVA. Era ancho de pecho, con los brazos fuertes.

Brooke se desabrochó la blusa y dejó caer al suelo la chaqueta del traje. Todavía no habían interrumpido el contacto visual mientras se dedicaban a aquella especie de duelo de miradas. Le dejaría ganar a él. Apartó los ojos y le miró la entrepierna mientras él se desabrochaba los pantalones. La erección era evidente. Esperaba no quedar defraudada.

Se agachó para recoger el bolso, buscó en el bolsillo interior y sacó un condón que le pasó a Richard.

Se arremangó la falda hasta las caderas. Mirándolo otra vez a los ojos, bajó las manos y se acarició sin quitarse las bragas, sintiendo la humedad de la tela en los dedos.

—¡Qué bueno! —le susurró.

Le estuvo observando mientras se bajaba los pantalones y los calzoncillos hasta las caderas. La polla sobresalía mientras él forcejeaba con el envoltorio del condón.

Brooke enganchó con los dedos las bragas y se las deslizó muslos abajo y luego de una patada hasta el suelo. Hizo rodar la cadera seductora mientras se metía los dedos entre los labios húmedos de la vagina y se acariciaba el clítoris.

—¿Vas a follarme, Richard? —ronroneó.

—¡Ahí voy! —gruñó él. El hombre de negocios profesional de antes se había esfumado.

Ella se dio la vuelta, se apoyó en la pared y apoyó el pie derecho en un pequeño banco.

Notó las manos calientes del hombre en las caderas, que con los dedos le amasó violentamente la piel del trasero antes de bajarlos hacia su vulva. Sintió las yemas de sus dedos pasar por encima del clítoris antes de abrirla para metérsela.

Soltó un quejido cuando él se abrió paso en su interior. Se estremeció de placer cuando todo el contorno de su pene la dilató. Brooke se apuntaló con una mano contra el muro y con la otra bajó por el vientre para jugar con su clítoris.

Él gruñó a su espalda mientras la penetraba violentamente. Le resiguió con una mano los pechos a los que estaba agarrado, le subió el sujetador y dejó que los aros se le clavaran agradablemente en la piel de la parte superior de las tetas. Le pellizcó y le apretó los pezones.

—Joder. Esto está muy bien —le confesó ella, perdida en las sensaciones que se desataban en su coño.

No sabía cuánto tiempo se la estuvo tirando... tal vez cinco minutos, tal vez tres. Daba igual. Era rápido y eso era lo que ella quería. La follaba implacablemente, con dureza y a un ritmo constante. Aquel hombre sabía cómo follar.

—¡Oh, Dios... JODER! —chilló cuando llegaba. Las piernas le temblaban violentamente.

Él se corrió poco después. Le apretó rudamente las caderas y los pechos. Estaba segura de que al día siguiente tendría moratones.

Brooke se dio la vuelta para mirarlo a la cara cuando él se hubo apartado. Se agachó a recoger las bragas y las metió rápidamente en el bolso, abrochándose los botones al mismo tiempo. Se había bajado la falda y puesto otra vez la chaqueta antes de que él se hubiese quitado siquiera el condón.

—Gracias. Ha sido realmente... una locura —le dijo, buscando la palabra adecuada y sin encontrarla.

Se miró en el espejo para arreglarse el pelo y la ropa. Luego se le acercó y le besó los labios intensa y rápidamente.

—Supongo que pedirte el número de teléfono es inútil —le dijo él. Evidentemente, ya sabía la respuesta pero lo intentó de todos modos.

—Sí, seguramente —repuso ella, sintiéndose bastante como una puta desvergonzada.

Puso una mano en el pomo de la puerta.

—Descansa —le dijo al marcharse. Pasó por el departamento de caballeros y salió por la puerta.

Ya podía tachar a otro de la lista. Por fin había tenido a su hombre trajeado.

PLÁTANOS

Dee Dawning

Agotado después de un día de duro trabajo, me derrumbo en el sofá, esperando echarme una merecida siesta. Cuando empiezo a dormirme, me desvelan unas voces, unas risitas mejor dicho, procedentes de la cocina. Reconozco la voz de mi novia, Teri, pero no sitúo el resto.

Curioso, decido ver qué se traen entre manos. Intentando no interrumpir lo que sea que estén haciendo, me levanto del sofá y me acerco furtivamente a la puerta de la cocina. No he dado ni tres pasos cuando escucho las arcadas de alguien y un coro de risas desenfrenadas. Luego, la voz sensual de mi Teri que dice:

—Shelly, tienes que abrirla más, y relájate. Hazlo más despacio. No corras tanto, mírame.

Me pica la curiosidad. ¿De qué están hablando? Cuando llego a la puerta de la cocina, me pego lo que puedo al rincón.

Sorprendido pero complacido, echo un vistazo a tres

jóvenes en biquini que rodean de pie la mesa, mirando a Teri. A Teri sólo le veo la espalda y soy incapaz de averiguar lo que le está enseñando a Shelly, sea lo que sea.

Veo la larga melena rubia de Teri, que lleva el diminuto biquini negro, así como su silueta de reloj de arena y sus piernas delgadas y torneadas unidas a su notable trasero. Tiene la cabeza ligeramente inclinada hacia atrás y veo que con un brazo se lleva algo a la cara. Como no logro averiguar lo que está haciendo, estudio a las otras chicas buscando pistas. Todas, sin excepción, son guapas: una hispana de pelo rizado, toda una belleza de ojos oscuros; una pelirroja de complexión hermosa, con pecas y todo (cómo me gustan las pelirrojas), y una encantadora afroamericana a la que reconozco por haberla visto en los ensayos de Teri. Como a las otras dos no las he visto nunca, supongo que también son compañeras de baile de Teri.

La belleza negra, que está de pie casi justo delante de mí, cierra los ojos y sonríe. Qué sonrisa tan maravillosa, con unos dientes de perla que contrastan con la tonalidad marrón claro de su piel. Me mira fijamente y esboza un beso con los labios, luego levanta un objeto amarillo y se lo mete en la boca. Me doy cuenta de que es un plátano. Sin dejar de mirarme con un regocijo malicioso en sus ojos brillantes, lo saca y lo mete, acariciando lo que queda fuera del plátano con la otra mano.

Noto que mi plátano particular se me está poniendo duro. Veo que las otras chicas también tienen un plátano. La pelirroja se da cuenta de lo que la belleza negra está haciendo y sigue su mirada hasta mí. Se tapa la boca con una mano pero no puede ahogar la risa que se le escapa. Luego, la morena también nota mi presencia y me sonríe. Joel el mirón ha sido descubierto.

Teri se da la vuelta con un plátano a medio camino de la garganta y se atraganta cuando me ve. Se saca el plátano, me agarra de la mano, tira de mí hacia la cocina y se echa en mis brazos riendo.

—Nos has pillado haciendo travesuras —se carcajea.

—Travesuras —digo—. Más parecía que estuvierais hambrientas. ¿Qué está pasando?

—Joel, cariño. Éstas son mis amigas: Lisa, Shelly y Gloria. Trabajan conmigo.

Asiento y ella prosigue:

—Estábamos tomando el sol en la piscina y ha salido el tema de chuparla y que requiere metérsela hasta la garganta, así que hemos venido aquí a ver si podíamos hacerlo.

Gloria se saca el plátano de la boca. Con los ojos puestos en mi polla rampante, se lame los labios y dice:

—Encantada de comerte.

Shelly no da crédito.

—Gloria, es el novio de Teri.

—Vale, chica. No lo sabía. Míralo. Fíjate en su pelo rizado y su sonrisa amistosa. ¿No te dan ganas de darle una alegría?

Relamiéndose y después de chocar los cinco con Gloria, Lisa añade:

—Tienes razón, Gloria. Es un tío bueno. Mira esos hermosos ojos azules y fíjate qué músculos. ¿Qué mides? ¿Uno noventa, tal vez?

—Mide uno ochenta y cinco, y me pertenece —dice Teri, colgándose de mi brazo para enfatizar su afirmación.

Gloria reprende a Teri.

—Chica, ¿por qué chupas plátanos teniendo a mano la mejor banana? Vamos, tía. Enséñanos cómo lo haces.

Yo ya la tengo marcando las dos en punto y subiendo. Teri me mira y se encoge de hombros.

—Si tú te apuntas yo también.

Un buen dilema. Creo. ¿Apuntarme? Seguro que me apunto a una mamada pero... ¿me apunto a que Teri me la chupe delante de tres encantadoras compañeras? Me sorprende que Teri esté dispuesta.

—Supongo que sí, pero tengo que darme una ducha rápida. Quiero hacerlo en la cama y, si tengo que estar desnudo, que todo el mundo lo esté.

Todas están de acuerdo y asienten con entusiasmo. No he acabado de decirlo y Gloria ya se ha quitado su biquini rosa. Gloria es la gloria. Sus pechos color café con los pezones de chocolate me recuerdan lo mucho que me gusta el chocolate. Sus magníficas piernas, esbeltas y torneadas sostienen su trasero respingón, redondeado y duro. Lo tiene todo y, por lo visto, lo sabe.

Cuando me voy al baño para darme una ducha, una tropa de mujeres hermosas me sigue, comandada por mi ahora también desnuda Teri. Como sus amigas y la mayoría de las bailarinas, es esbelta con las piernas delgadas y torneadas, una cintura estrecha y pechos bien formados pero no demasiado grandes, con impertinentes pezones protuberantes. Lo que diferencia a Teri de otras mujeres modernas es que no se afeita el pubis. Es una rubia auténtica y su vello rubio ligeramente recortado es un motivo de orgullo.

Lisa también se ha desnudado. Me tienen cautivado

su piel dorada, su figura de bailarina y sus ojos castaño oscuro. Sin embargo, es su vulva única lo que más me excita. Los labios, que le cuelgan casi tres centímetros por debajo de la vagina, y el clítoris parecen diseñados específicamente para el sexo. Me recuerda una dionea atrapamoscas humana.

Me desnudo para ducharme mientras ocho ojos lascivos estudian cada uno de mis movimientos. Cuando me quito los calzoncillos, las chicas expresan una mezcla de silbidos y pitidos. Gloria y Shelly me agarran el pene un momento. Por desgracia, Teri las aparta de un manotazo antes de que consigan hacerme una paja. Shelly dice:

—¡Vaya! ¡Qué grande la tiene! ¿Te parece que puedes tragártela entera, Teri?

—Si ella no puede, puedo yo —declara Gloria descaradamente.

Shelly ya se ha quitado el biquini azul y no sé cuál de estas jovencitas seductoras me la pone más dura. Son todas tan hermosas y tan distintas..., como un corte transversal del sexo femenino y, en este preciso momento, todas me desean. La piel de Shelly es luminosa, casi blanca con un leve toque rosado, interrumpida por un montón de pecas en los hombros y en el escote. Sus pezones alegres y rosados y su monte peludo por encima de la vagina rosada me excitan. Como Teri, no se depila el pubis. Tiene el vello de un rojo intenso, como el pelo.

Teri vuelve a reclamar su derecho de propiedad metiéndose en la ducha y enjabonándome, sobre todo la erección. Lisa, Shelly y Gloria miran alrededor de la cortina de la ducha, haciendo comentarios salaces y metiendo mano. Admiran mi gran falo cuando salgo de la ducha y Shelly declara:

—Me parece que podrías compartir el pene de Joel con nosotras para que practiquemos el sexo oral.

Lisa prosigue:

—Sí, es lo justo, Teri.

Mientras escucho sus protestas, noto que Teri flaquea en su decisión. A lo mejor empieza a comprender el torrente de deseo que se ha desatado. Me toma de la mano, me lleva y me sienta en el borde de la cama. Se pone de rodillas y me acoge en su hermosa boca. Las chicas exclaman y suspiran alrededor, contemplando el espectáculo. Están impresionadas porque Teri se traga mi polla entera. Ya lo ha hecho antes, así que sé que puede. Teri es, además de bella, una chica de talento.

Me doy cuenta de que las chicas se están masturbando mientras miran cómo mi verga se hunde profundamente en el esófago de Teri. Intrigada, Gloria quiere participar, pero no sabe cómo. Se pone de rodillas al lado de Teri y empieza a burlarse del coño de Teri. Luego me agarra por la base de la polla y me la acaricia. Teri renuncia a mí, diciendo:

—Aquí la tienes. Estás desesperada por chuparla. Te invito.

Gloria la sustituye. Es una chupapollas muy animada. Me acaricia el rabo con un movimiento circular y moviendo la cabeza alrededor del glande me masajea el frenillo con la lengua. Empieza a canturrear y el canturreo aumenta la estimulación.

El suave aroma de los órganos sexuales femeninos excitados predomina e invade mi sentido del olfato. Me excito tanto que el corazón se me desboca, así que me tiendo de espaldas y abro los brazos con la esperanza de tranquilizarme, pero Lisa y Shelly se lo toman como una oportunidad.

Dejando a Gloria, Teri salta a la cama. Se me pone a horcajadas sobre la cara, arrimándome el coño caliente, húmedo y sabroso a la boca hambrienta. Me pongo a satisfacer su lujuria, lamiéndole y mordisqueándole el clítoris. Me encanta verla desde esta posición, desde la que abarco su cuerpo sexy en toda su longitud, desde el pubis y pasando por el vientre hasta sus pechos torneados y su deliciosa cara mirándome desde arriba por entre ellos.

Quiero amasar esos pechos y pellizcarle los pezones pero tengo las manos ocupadas con otra tarea urgente. Tengo a Lisa y a Shelly encima de una mano cada una. Me las manipulan como si fueran su juguete sexual. Shelly usa mi izquierda para pasársela por el vello púbico pelirrojo y mis dedos, para masajearse el clítoris y la vulva.

Lisa prefiere una técnica de estimulación distinta: con una mano suya sobre la mía, se mete todos los dedos en su notable vagina de labios y clítoris protuberantes. Noto cómo con la otra mano Lisa se masajea el clítoris. Lisa tiene el coño muy dilatado y, para mi sorpresa, después de meterse dentro cuatro dedos, consigue, con bastante dificultad, encajarse mi puño entero, bastante grande.

—Frótame el punto G —me ruega. Lo repite varias veces. Como no he tenido nunca la mano entera dentro de un coño, no sé muy bien qué hacer, pero espero complacerla. Tanteando con los dedos, paso por encima de lo que parece un pequeño volcán sin lava. Froto el bultito con el índice y pregunto:

—¿Es esto?

Me parece que asiente porque noto el movimiento de subida y bajada en la muñeca, así que le masajeo el bultito con el índice.

Desde que tengo la cara enterrada en el coño húmedo de Teri, no veo a las que son objeto de mis manipulaciones, pero sospecho que Shelly y Lisa también se están dando placer mutuamente.

Mientras, la gloriosa Gloria está haciendo un trabajo ejemplar chupándomela, aunque cada vez que intenta metérsela hasta el fondo en la garganta le dan arcadas. Está bien. Me gusta su coraje. Puede chupármela cuando quiera. Siempre que Teri le deje hacerlo, claro. Sin embargo, Gloria acaba dándose cuenta de que es la única que da mientras que las demás reciben. Decidida a acabar con el mito de que es mejor dar que recibir, para de chupar y se la saca de la boca. Ocupado como estoy, apenas me doy cuenta, pero cuando de repente noto la polla hundida en algo cálido, húmedo y enérgico, sé que sólo puede ser el glorioso chocho de Gloria.

¡Glorioso!, es una maravilla. Por lo visto, Gloria folla con más fervor que chupa, porque de pronto me siento extrañamente como en un rodeo, sólo que yo soy el toro. Casi puedo ver a la hermosa y desnuda Gloria cabalgando mi polla y agitando su sombrero de vaquera.

Su movimiento resulta contagioso porque todo el mundo se ha vuelto más apasionado. Imagino a las cuatro vaqueras desnudas cabalgando agitadamente sobre varias partes de mi anatomía. Luego caigo en la cuenta de que estoy tendido en postura de crucifixión, con hermosas mujeres encajadas en la cara, los brazos extendidos y la polla.

Sin previo aviso, Teri llega al orgasmo, entre gritos y chillidos. Espero que la malhumorada pareja de ancianos que vive al lado no esté en casa. Después de recuperarse de las numerosas oleadas de placer extenuante, Teri se aparta de mí y ve que Gloria está cabalgando mi (su) polla con autoridad.

Puesto que considera mi verga de su exclusiva propiedad, se abalanza sobre Gloria, la desmonta de mi vara de pasión (de la de Teri) y ambas ruedan por el suelo. No tengo ni idea de lo que imaginaba que estaba sucediendo mientras permanecía sentada en mi cara, de espaldas, pero está furiosa. Mientras, Shelly, espiando mi desocupada polla, abandona mi mano izquierda y se la ensarta. A Lisa le gustaría hacer lo mismo porque se me pega como una lapa a la muñeca.

La lucha entre Gloria y Teri continúa en el suelo. Yo soy incapaz de parar porque: a) estoy unido de un modo u otro a Shelly y a Lisa; b) además, disfruto de ver a la sexy Shelly saciarse con mi amiguito y a la desatada Lisa cabalgándome la muñeca.

Shelly se inclina hacia delante, balanceándose, y acaricia mi lengua con la suya y, de vez en cuando, me lame una oreja. Shelly tiene la vagina menos ancha que Gloria, también que Teri, y evidentemente que Lisa, en cuyo chocho todavía no he entrado... con la polla, me refiero. Como para demostrar que sigue ahí todavía, Lisa se inclina y se pone a acariciarnos. Mientras los encantadores pezones rosa de Shelly me bordean la mejilla, con el mismo movimiento hacia delante y hacia atrás de su encantadora vulva rosa, Lisa descubre mi escroto y me aprieta los testículos. Todo esto es demasiado para mí, que empiezo a experimentar una sensación de hormigueo y cosquilleo que aumenta poco a poco pero más y más hasta el clamor de un orgasmo extraordinario. Cuando descargo a borbotones ingentes cantidades de esperma en su vagina caliente, me retuerzo violentamente, sujeto únicamente por las dos mujeres que tengo encima, que, juntas, pesan aproximadamente lo mismo que yo.

Por lo que parece, mis convulsiones han llevado a Shelly a correrse, porque al cabo de segundos grita de placer, a juego con mis lujuriosas embestidas, mientras se machaca la rosada vulva con mi considerable polla, como si tratara de metérsela todavía más hasta el fondo.

Una vez más, lo lamento por la pareja de ancianos de al lado. Temblorosa por la ordalía de placer, Shelly se aparta y se acurruca contra mí. Completamente agotado, estoy tendido, relajándome. Incluso olvido que todavía tengo a Lisa empalada.

De repente estoy de acuerdo con la máxima: hay situaciones en las que uno puede tener más que suficiente de algo bueno. Porque noto mi pene vacío y medio flojo atacado brutalmente por una cálida y húmeda sensación y, de vez en cuando, por la abrasión de una dentadura perfecta. Echo un vistazo para mirármela y veo que otra vez Gloria está aplicando con energía sus dotes a mi ambivalente músculo del amor.

—¿Qué haces?
—Tel... stoy... pondo... dur... apar... podms... follar.
—¿Qué has dicho?

—Te-la-estoy-poniendo-dura-para-que-podamos-follar.

Lisa está que echa humo.

—¡Eh, Gloria! Tú ya has tenido tu turno. Ahora me toca a mí.

—Tendrás tu turno. Yo no he acabado el mío por culpa de Teri. Además me parece que estás prometida.

Pregunto en voz alta:

—¿Dónde está Teri?

—Esa zorra callejera se ha llevado la mejor parte, así que ha salido de la habitación. He cerrado con llave para que no nos moleste más.

Para mi asombro, G-l-o-r-i-a resucita mi erección y, por supuesto, se me sube encima y se mete mi maltratado atributo en su jugoso y rojizo chocho. Como ya había observado antes, nadie me había follado de un modo tan exuberante. Gloria cambia constantemente de movimientos y de estilo. Quiero probar otras posturas aparte de tener a Gloria encima, especialmente la del perrito, pero no puedo moverme demasiado porque tengo a Lisa anclada en la mano. Me queda una mano libre, sin embargo, así que le excito el pezón marrón del pecho izquierdo con el índice. Se inclina sobre mí e intercambiamos saliva. Noto un regusto a sexo en su boca, de lo que supongo que es una mezcla de las secreciones vaginales de Shelly y de mi semen. La idea del residuo de Shelly y de mi orgasmo en la boca de Gloria me excita todavía más. Al cabo de diez gloriosos y vigorosos minutos de follar a lo bestia, Gloria alcanza, tendríais que verlo, un orgasmo tremendo. Se diría que alguien le ha encendido una cerilla en los pies o en el coño o donde sea. Para disgusto de Lisa, no puedo evitarlo. Me corro a lo bestia detrás de Gloria.

Los golpes contra las paredes de papel me obligan, otra vez, a recordar a la pareja de ancianos del piso de al lado. Sigue a los golpes el sonido amortiguado de una voz irritada:

—¡Silencio, cállense, déjennos dormir...!

Porque Gloria sigue soltando una mezcla de chillidos, gritos, gemidos y gruñidos. Le tapo la boca con la mano libre y entonces Lisa se deja llevar por su propio orgasmo. Aparto la mano de la boca de Gloria y tapo la de Lisa, con lo que sólo logro escuchar los incesantes gritos de Gloria y más golpes en la pared.

Cuando Lisa se calma, decide hacer algo acerca de nuestro aprieto. Coloca ambas piernas contra mis costillas y mi hombro, empujando tanto como puede. Al cabo de unos treinta segundos de extenuante forcejeo, consigo sacar la mano del enorme coño de Lisa. Cuando sale se escucha un sonido parecido al de descorchar una botella. La inercia hace que Lisa se caiga hacia atrás de la cama y aterrice de espaldas con las torneadas piernas en el borde de la cama.

Gloria y Shelly lo encuentran muy gracioso. Señalando las elegantes piernas de Lisa, como para indicarme lo que les da tanta risa, se ríen escandalosamente. Yo también me río un poco... eso es, hasta que los golpes resuenan en la pared.

Por suerte, dejan de reír en cuanto Lisa se pone en pie y vuelve a subirse a la cama. Está lista para más. No así esta polla... mi polla, para ser exactos. Se mete mi pene flácido, agotado, encogido en la boca y posa el chochito abierto en mi mentón.

Y yo te pregunto: ¿qué hace un hombre? Así que me zambullo en sus extraordinarios genitales con renovado vigor. Ella responde enterrando su protuberante clítoris en mi hambrienta boca, mientras me hace una mamada estupenda. Puedo decir que los jugos de Lisa fluyen en abundancia porque su apetitoso chorro me inunda la boca, excitándome todavía más.

Sin nada que hacer, Gloria y Shelly se ponen a masajearme los testículos y a sobarle las tetas a Lisa. Luego empiezan a besarse, después a frotarse y no tardan en estar enzarzadas en su propio 69.

Aparto a Lisa. Su exclusivo coñito ha estado esquivándome toda la noche. No me rechazará. Asegurándome de no molestar a Shelly y a Gloria, pongo a Lisa de cuatro patas y la penetro por detrás. Empieza a aullar y... a ver si adivinas: otra vez los golpes en la pared. Sin embargo, disfruto tanto de penetrar a Lisa que ignoro los golpes. Al cabo de unos diez minutos de follar con ganas, se abre la puerta del dormitorio y aparece mi hermosa novia.

Teri lleva un salto de cama y tiene cara de estar enojada. Sus ojos se clavan como puñales. No dejo que su mirada me detenga. No pararé de follarme a Lisa... está demasiado caliente. No entiendo por qué motivo está Teri tan enfadada. Después de todo, sólo estoy participando en una pequeña juerga con sus amigas. Recuerda el viejo dicho: «Si no puedes follarte a tus amigas, ¿a quién puedes follarte?» Si no fuera tan carca, también me la habría follado a ella.

—¿Qué pasa aquí? —pregunta una voz femenina autoritaria procedente de detrás de Teri.

Luego, cuando Teri se aparta, dos policías entran.

—Vaya... ¿qué tenemos aquí? —dice la mujer.

Es difícil saberlo debido al uniforme, pero tengo la impresión de que sin su atuendo la policía es muy atractiva. Leo el nombre de su placa de identificación: «H. Orny.» *Mmmm...*

—Me parece que hemos dado con una buena orgía —prosigue—. ¿Tú qué opinas, Dick?

Shelly y Gloria por fin se han dado cuenta de la situación y se han levantado, aunque yo sigo follándome a Lisa... es una delicia.

Leo la placa de identificación de Dick: «I. R. Reddy.» *Mmmm...*

Dick es un fornido veinteañero de pelo castaño rojizo. Puedo decir dos cosas de Dick. No puede apartar los ojos de Gloria, que flirtea con él (la muy pícara), y que tiene un bulto en la entrepierna. *Mmmm... hay, sin duda, posibilidades...*

Dick le responde a H. Orny:

—Creo que tienes razón, Hope. ¿Qué quieres que hagamos?

Ahora miro a Hope, esperanzado. Se ha quitado la gorra y se está secando la frente con un pañuelo. Es un espécimen de aspecto verdaderamente notable. Se parece a Jessica Alba.

Hablo antes de que ella pueda decir nada:

—¿Estamos infringiendo alguna ley, oficial Orny?

—No, no exactamente. Nosotros... hemos recibido una queja de su vecino, que dice que escucha de manera intermitente... veamos... gemidos, gruñidos, chillidos, aullidos... —Hope vuelve a secarse la frente, luego alza una ceja, me mira con coquetería y continúa—: Gritos y alaridos, además de cosas como «fóllame, no pares, más, oh... sí, oh... Dios mío, oh... mierda y sí... sí... sí, oh... sí», que han mantenido despiertos a los vecinos.

Como colofón, Lisa alcanza un orgasmo tremendo durante el cual hace uso de todas las expresiones que Hope ha enumerado, y de algunas más intercaladas.

Como la oportunidad lo es todo, aunque me creía completamente agotado, saco mi orgulloso y tieso pene, me vuelvo hacia Hope y la miro directamente mientras pregunto:

—¿Quién va ahora?

Hope abre unos ojos como platos. Veo cómo se lame los labios y luego pasa la mirada de mi verga a Dick, que mira boquiabierto a Gloria y a Shelly.

—Oficial Reddy —le digo para llamar su atención—. Me vendrá bien un poco de ayuda.

Luego me la agarro y miro otra vez a Hope.

—¿Le gustaría ser la siguiente, oficial Orny? —le pregunto.

Sin apartar los ojos de mi pene, H. Orny dice:

—Oficial Reddy, tenemos que hablar de esto en privado.

Se lleva a Dick de la mano al baño y cierra la puerta.

Aliviado porque no ha sido Teri quien ha llamado a la policía, le echo una mirada. También ella tiene los ojos puestos en mi enorme falo. Me mira y me sonríe y articula en silencio: «Lo siento.» Luego se acerca a la cama y se pone al lado de donde estoy de rodillas y se pone a chupármela y luego se la mete hasta el fondo de la garganta. Mientras está haciéndolo le quito el salto de cama y vuelve a estar desnuda como el resto de nosotros.

También lo están los oficiales Reddy y Orny cuando salen del baño. Dick, que está bien formado en más de un sentido, si me entiendes, va directo por Gloria. Sin embargo, no pasa mucho rato antes de que Lisa y Shelly compartan las atenciones de Dick.

Por su parte, Hope es exactamente como había imaginado. No es bailarina. Es ligeramente robusta pero increíble, con los ojos castaños y la melena morena. Hope tiene un culo grande y unos pechos de tamaño considerable que rebotan cuando se nos acerca.

Cuando está a nuestro lado, dice:

—La próxima soy yo.

Teri, que sigue con mi polla en la boca, me hace un ruego con la mirada.

—Me guardaré algo para ti también, nena —digo.

A regañadientes, Teri le entrega mi *joystick* a Hope y sale de la habitación. Me sabe mal por ella, pero ahora no estoy dispuesto a parar.

Hope es la cuarta mujer hermosa con la que follaré en cuatro horas. El coño de mi novia es el único que mi pene se ha perdido.

Para empezar, como han hecho Teri y todas sus amigas, Hope se mete mi Don Alegrías en la boca. Es evidente que no es la única polla que esta bella policía ha chupado y, al cabo de un par de minutos de felación, vuelvo a tenerla dura como antes. Cuando se da cuenta, para y se sube a la cama, me la agarra y con un aleteo de pestañas y una sonrisa en los labios, me dice con recato:

—Estoy lista para el plato fuerte, Don Pollón.

Se acuesta, mirándome seductora y se abre de piernas, atrayéndome hacia ella y metiéndose mi verga en su profunda y húmeda raja.

Debo admitir que es la primera vez que me follo a una policía y le saco todo el jugo. No porque esté follándome a una mujer policía, como estoy haciendo, de hecho, sino porque está para chuparse los dedos, sabe cómo usar ese coñito y no es nada tímida.

Empezamos en la postura del misionero, luego seguimos de lado y de cuatro patas. Después me tiende boca arriba y me planta la vagina afeitada en la cara. Levanto las manos y juego con sus pezones. Se vuelve loca. Llego a la conclusión de que a las mujeres les gusta el sexo oral tanto como a los hombres por cada una de las cinco chicas que se han asegurado de que les comiera el coño.

Shelly está justo detrás de mí y su compañero, Dick, se la está follando en la boca, literalmente. Porque me parece que Shelly simplemente está tendida allí, con la cabeza apoyada y la boca abierta mientras el oficial Dick hace todo el trabajo, metiendo y sacando la polla de su boca.

Es ahora cuando Hope tiene un ataque, un cataclismo orgásmico. Si las otras chicas gritaban a ochenta decibelios durante el orgasmo, Hope lo hace a noventa. Como un reloj, la pared empieza a sacudirse por los golpes.

Cuando Hope se calma, señalo a Shelly y a Dick y les pregunto:

—¿Podemos hacer esto?

—Por qué no. Después de este orgasmo, tienes derecho a todo.

Intercambiamos posiciones y Hope ahueca una almohada y se recuesta contra el cabezal. Yo le lleno la boca con mi misil guiado, apuntando directamente a sus amígdalas. Hope me ayuda agarrándome el escroto y acariciándome la base del pene. No creo que pueda volver a correrme, pero, gracias a la experta manipulación de Hope, lo hago una vez más, disparándole un chorro de semen directamente en las amígdalas.

Cuando todos tenemos bastante de sexo, Dick y Hop se visten y se despiden, abrazando y besando a todo el mundo. Hope se asegura de que tengo su número de móvil y Dick hace otro tanto con mis chicas.

Luego nos derrumbamos en la enorme cama en un montón de carne caliente, sexy y saciada.

La locura tiene un nombre

Gwen Masters

Hasta que te conocí, nunca había hecho ninguna locura.

Hasta que apareciste, mi cuenta de momentos locos era muy baja. Me había emborrachado exactamente tres veces en toda mi vida. Nunca había follado en el campo ni en la ducha, y, desde luego, no lo había hecho en un baño público con gente esperando fuera impaciente. Nunca me habían pegado ni amordazado con mis propias bragas ni tratado como cualquier cosa menos como una dama, sobre todo, en la cama. Yo era la tranquila, serena, calmada y estable, esa a la que siempre le toca conducir, la que se ocupa de todo el mundo. Era la que siempre se esperaba que estuviera ahí pero cuya presencia nadie notaba.

Tenía treinta años y había vivido con tanta discreción que a veces me parecía que no había vivido en absoluto.

Tú, por tu parte, habías vivido un poco demasiado, Eras el chico malo que se conocía todos los mejores sitios de los mejores bares, el que podía conseguírtelos si querías, el que tenía tanta reputación entre las mujeres que eras el temor oculto de todos los hombres de la ciudad.

Recuerdo aquel día como si fuera ayer. Era un día corriente y yo había salido para hacer algunas compras. Llevaba la furgoneta llena de pañuelos de papel y detergente para la lavadora y embutidos. Tú cruzabas andando el aparcamiento del club por delante del que pasaba de camino a casa desde el supermercado. Avanzabas a grandes zancadas, con aplomo, no con arrogancia pero casi. Llevabas un papel en una mano y una cerveza en la otra. Sostenías aquella botella como si formara parte de ti. Miré cómo tomabas un buen trago y luego abrías la puerta de aquella furgoneta destartalada pero, antes, me echabas un vistazo.

El semáforo estaba verde pero no arranqué. Me tenías hipnotizada.

Sonreíste y el interés se convirtió en lujuria. Puse el intermitente y avancé hacia ti.

Aquello era completamente impropio de mí. Tú eras completamente impropio de mí. Llevabas el pelo demasiado largo, tenías la sonrisa demasiado traviesa y eras demasiado irresistible. Demasiado joven para mí, demasiado extravagante para mi gusto, demasiado irresponsable para encajar en mi estilo de vida milimétricamente ordenado. Sin embargo, nada de eso parecía importar cuando te inclinaste hacia mi ventanilla abierta aquel día y me ofreciste un trago de cerveza.

No dijimos nada, sólo se oía el tráfico que avanzaba despacio, la gente que se dirigía adondequiera que fuera mientras compartíamos una cerveza en el aparcamiento en pleno día.

Fue mi primera cerveza. No te lo dije, por supuesto. No te dije que no me gustaba su sabor. Me gustaba beber lo que tú acababas de beber, tener los labios justo donde habían estado los tuyos y, desde entonces, no he podido ver una botella de cerveza sin acordarme del modo en que el sol te iluminaba aquel día, convirtiendo tu pelo castaño en caoba y cómo sonreían tus ojos verdes.

Hasta aquel encuentro en el aparcamiento, nunca había soñado que acabaríamos en mi casa, que dejarías la furgoneta en el bar y te sentarías a mi lado en la mía, que serías tan caballeroso como para llevarme la compra, que te sentarías y hablarías conmigo horas mientras yo preparaba la cena y limpiaba la casa y hacía todas los cosas corrientes de siempre.

Me seguiste hasta el lavadero y me hablaste mientras doblaba la ropa. Me seguiste hasta el patio trasero mientras yo regaba las plantas. Picaste cebolla en mi cocina y tus manos manejaban tan rápido el cuchillo que era evidente, aunque sorprendente en cierto modo, no sólo que sabías cocinar, sino que te gustaba hacerlo.

Me seguiste hasta el sofá, donde tomamos vino mientras en la televisión daban algo sin importancia y me contaste cosas sorprendentes de tu vida. Devorabas a Hemingway y tenías debilidad por los gatitos y te disgustabas si bebías demasiado de vez en cuando. Considerabas a Johnny Cash el mejor cantante jamás habido y cantabas «Folsom Prison Blues» con tu voz profunda y desafinada de barítono. Luego te pusiste a cantar algo de Jackson y yo canté contigo. Pronto estuvimos bailando a la luz del televisor, y cuando me reí y te dije lo mucho que me gustaba tu voz, dejaste de cantar y me besaste.

Más tarde me seguiste hasta el dormitorio. Me sorprendió que fueras tímido y cariñoso. Había supuesto que la arrogancia se convertiría en lascivia desatada, pero eras incluso un poco indeciso, como si idolatraras mi cuerpo y tal vez no te sintieras digno de ello. Recorriste con las yemas de los dedos cada milímetro de mis piernas y de los brazos y del vientre. Me cubriste de besos, desde el meñique del pie hasta el lóbulo de la oreja. Cuando estuviste listo, ambos estábamos tensos y dispuestos. En el momento en que me penetraste el viento se llevó toda cautela y de hacer el amor pasamos a follar de lo lindo, un polvo vicioso y brutal que me dejó dolorida y con cardenales y con una sonrisa en la cara cuando la luz del amanecer se coló por la ventana.

Te habías ido cuando desperté. Me pareció bien. No podía ser de otro modo.

Al cabo de una semana apareciste en mi puerta con una botella de vino, y no íbamos ni por la mitad cuando me mojaste con el resto y te lo bebiste a lametazos. El vino manchó la alfombra nueva. No intenté limpiarla.

Una tarde nos encontramos en el aparcamiento del supermercado. Nos saludamos y nos dijimos adiós, pero cuando estaba a medio camino de casa allí estabas tú, detrás de mí, haciéndome señales con las luces. Salí de la carretera y me metí en el aparcamiento de un centro comercial abandonado. Minutos después estábamos en tu camioneta, acostados. Me pusiste una mano sobre la boca y yo apoyé las piernas en tus hombros. Me follaste con tanta furia que la furgoneta se sacudía.

A veces te quedabas días conmigo, libando aquel licor. A veces te levantabas en plena noche para ir a verme y suspirabas aliviado cuando me encontrabas todavía allí, como si yo fuera todo lo que podía sostenerte en el mundo. Luego, una mañana, te fuiste sin dar explicaciones. Seguramente tenías otra mujer. No me importaba. Todo lo que sabía era que cuando estaba contigo me hacías sentir más viva de lo que nunca me había sentido.

Con el tiempo cambié. Aprendí a beber cerveza y a fumar Marlboro y a teñirme el pelo. Aprendí a decir palabrotas como un marinero y a conducir como una loca y a reír con el descaro de George Carlin. Incluso me hice un tatuaje, una mariposa pequeñita en los riñones. Con las alas abiertas e irisadas, te miraba mientras me follabas por detrás.

Eras mi autoestopista nocturno, el desconocido que me ofrecía caramelos, mi escopeta cargada, mi trapecio sin red. Eras mi locura.

Hace años que aquella vieja Thunderbird se despeñó por el barranco. Los periódicos dijeron que estabas borracho, dijeron que ibas a demasiada velocidad, dijeron que no llevabas el cinturón de seguridad abrochado. Dijeron todas estas cosas en letra impresa, así que debían de estar en lo cierto. Lo que no dijeron fue que, en la leyenda que te sobreviviría, ibas a ser siempre joven, que siempre serías temerario y siempre tan perfecto para la mujer inadecuada como habías sido.

Esta noche he comprado dos botellines de cerveza. He conducido hasta el barranco y me he tomado uno. Luego he abierto el otro y lo he lanzado tan lejos como he podido. La cerveza ha descrito un arco ambarino y he contenido el aliento, esperando hasta oír el satisfactorio chasquido del cristal al romperse.

Cuando lo he oído, he reído y gritado y aullado a la luna, exactamente como tú me enseñaste a hacer.

ASESINATO, PUTAS Y DINERO

Teresa Joseph

El fluorescente parpadeó débilmente y la sala de interrogatorios quedó a oscuras, tanto que aunque alguien hubiese mirado por el espejo de doble cara no habría sido capaz de ver nada. Pero mientras la detective Phillips cerraba los ojos y metía la lengua en el dulce y desnudo coño de la prostituta bisexual, los gemidos de placer de la mujer fueron más que suficiente para indicarle que iba por el buen camino.

—Vamos, nena —ronroneó tentadora, invitando a la sospechosa a otra sensual búsqueda—. Sólo dime de dónde has sacado el dinero y te prometo que te desnudaré y te registraré otra vez.

La puta quería decírselo todo. Al fin y al cabo, la primera vez que había puesto los ojos en Susan Phillips el coño le había estado hormigueando durante días. Había sido deseo a primera vista, y la había deseado desde entonces.

Lucy tendría que haber sabido que Susan la atraía demasiado para resistirse mucho tiempo. Pero aunque se moría por rendirse a la espléndida detective lesbiana, la puta temía demasiado a su nuevo jefe para osar decir siquiera una palabra.

Por mucho que Lucy intentara resistir, sin embargo, la detective se negaba a rendirse. Mientras con sus métodos de interrogatorio no se atuviera a las normas, tarde o temprano, siempre obtendría resultados.

En los dos años transcurridos desde su traslado de homicidios a antivicio, a cambio de hacer la vista gorda con sus delitos y de sensuales polvos, Susan Phillips había persuadido a Lucy para que robara a sus novias, a sus clientes y a la mitad de los chulos y las putas que trabajaban en Manhattan Sur. Porque aunque pudiera sacar placer de follarse a desconocidos para vivir, era tan bisexual que apenas notaba la diferencia. Y aunque pudiera estar comportándose con falta de ética, la detective Phillips estaba más que dispuesta a aprovecharse.

Alta, rubia y voluptuosa, con un cuerpo de aúpa y una manera de besar que hubiese hecho temblar de deseo a una heterosexual, Susan estaba deseosa de usar su sexualidad en el trabajo.

Las noches que necesitaba información sobre un nuevo proxeneta instalado en la ciudad, la detective se peinaba y se maquillaba, se ponía las medias y los zapatos de tacón más sexy que tenía y se iba a la avenida donde Lucy hacía la ronda. Situada en un punto oscuro y discreto, desde donde podía vigilar a la puta sin temor a ser vista, la detective observaba sus idas y venidas bajo el resplandor amarillo de las farolas y se lamía los labios anticipándose al momento en que quebrantaría la ley.

Muchos policías suelen quejarse de que las guardias son largas y aburridas, pero la detective Phillips siempre disfrutaba de espiar a la bonita pelirroja, tanto que a veces le costaba no masturbarse.

A la hora de la verdad, lo cierto era que la detective Phillips se derretía por la puta casi tanto como Lucy se derretía por ella. Le gustaba el modo de vestir de aquella mujer. Le gustaba su modo de moverse. Y, a pesar del hecho de que era lesbiana, le encantaba verla trabajar.

En el momento en el que el cliente echaba mano a la cartera, Phillips sabía que tenía más que suficiente para salir y arrestarlos a ambos. Pero mordiéndose el labio para no gemir de placer, la detective se esmeraba para quedarse quieta y observar en la oscuridad cómo Lucy se agachaba para chuparle la polla.

Algunas putas fingían gemir de placer para tener contentos a los clientes, pero Lucy no fingía. Le gustaba su trabajo. Y cuando por fin el cliente se le corría en la boca, se acariciaba el coño con tanta furia que la detective no podía evitar imitarla.

Cuando el tipo se marchaba de la avenida, Lucy estaba siempre tan desesperadamente caliente que rogaba que la detective saliera de la oscuridad y la «arrestara» allí mismo. Y claro, la detective Phillips estaba siempre a mano para hacer realidad sus deseos.

—Hola otra vez, nena —jadeaba seductora, empujando a la puta contra el muro y colocándola en posición. Y mientras bajaba la mano despacio hasta la cara interna de los muslos de la puta y le acariciaba la desnuda vulva, Lucy siempre cantaba como un canario. Le decía a la detective todo lo que sabía antes de que ésta tuviera tiempo de preguntarle nada. Pero aquella noche, cuando la detective Phillips fue a la avenida para hacerle otra visita a Lucy, la leal prostituta brillaba por su ausencia.

La detective no tardó demasiado en encontrarla en su piso. La puerta estaba abierta. Pero por primera vez desde el día en que se habían conocido, cuando la detective entró en la habitación la expresión de la puta era de miedo, no de lujuria.

La habitación estaba casi totalmente a oscuras, iluminada sólo por una lámpara de mesa situada en el rincón de la habitación donde Lucy estaba encogida de miedo, agarrando un paquete de papel marrón como si su vida dependiera de ello.

¿Debía Susan pedir refuerzos? ¿Había alguien más en la casa?

La detective desenfundó el arma y registró todas las habitaciones; miró en el baño, en el armario e incluso bajo la cama. Cuando estuvo segura de que Lucy estaba completamente sola, le preparó una taza de café y le preguntó qué sucedía.

Pero Lucy no soltó prenda. Y cuando Susan se sentó a su lado y abrió el paquete, se quedó de una pieza viendo que era de billetes de cincuenta dólares.

—¿Qué demonios es esto? —le preguntó, incapaz de creer lo que veía. Lucy era una puta barata. Bastaba echar un vistazo a su apartamento para darse cuenta de que no había modo de que pudiera echarle el guante a tanto dinero, a menos...

La puta, agobiada por el sentimiento de culpa, se echó a llorar, rogando a la detective que la perdonara pero negándose a decirle qué había hecho.

Lucy estaba a su lado, pero Susan sabía consolar muy bien cuando se lo proponía. Al cabo de diez minutos, perdida en el abrazo de la detective, Lucy estaba tan caliente que ya no lloraba.

—¿Estás segura de que no quieres decirme de dónde has sacado el dinero? —bromeaba la detective deslizando una mano bajo la minifalda de Lucy y haciéndola gemir de impaciencia, jugando al mismo juego al que siempre jugaban—. Si no me dices algo pronto, entonces tendré que arrestarte otra vez.

Lucy se moría por decírselo todo a la detective. Deseaba que la recompensara con otro polvo lésbico. Pero sabía, desde el momento en que había aceptado el dinero, que su nuevo jefe la mataría si hablaba.

Daba igual lo que se resistiese la puta. La detective también podía ser muy persuasiva si se lo proponía. Y mientras hacía temblar a la otra de deseo, sabía que era sólo cuestión de tiempo que le dijera la verdad.

—¿Tendré que cachearte y desnudarte? —se mofó seductora, tirando despacio del sujetador de la puta para dejar al descubierto sus espléndidos pechos.

Lucy asintió con la cabeza frenéticamente. Pero incluso mientras la detective le chupaba los descarados pezones hinchados, la jadeante puta se mordió la lengua y se negó a decir una palabra.

Incluso cuando la detective la obligó a «ponerse en posición» y le metió profundamente los dedos en la vagina y la llevó al orgasmo hasta que ya no pudo más, Lucy logró mantener la boca cerrada. Susan no tardó en darse cuenta de que no le quedaba más remedio que ponerle las esposas a su puta favorita y llevársela a la comisaría.

A Lucy no le importó, desde luego. Por lo que a ella respectaba, lo bueno de ser puta era en parte notar el acero frío en las muñecas, esposada en el asiento trasero del coche patrulla. Y puesto que la estaba arrestando una diosa lesbiana, aquello era como un sueño hecho realidad.

Lucy estaba en la gloria, y Susan lo disfrutaba casi tanto como ella. Pero después de tres horas follando sin parar en la sala de interrogatorios, la detective Phillips no se había acercado todavía ni un ápice a la verdad. Así que dejó a la sospechosa esposada a la mesa y se fue un momento a la cafetería para tomar prestada la porra de un oficial de uniforme y conseguir que las cosas se movieran un poco.

—¿Piensas sacarle la información a porrazos? —le preguntó el oficial.

—Algo así —respondió.

Al cabo de treinta segundos, la sospechosa aullaba en pleno orgasmo mientras le hincaba la porra en el efusivo coño.

—¡Rachel Whittaker! —jadeó Lucy, esforzándose por recuperar el aliento en la breve pausa entre orgasmos, mientras la detective continuaba aporreándole la vagina—. Me contrató para que me follara a un tipo llamado Davidson mientras ella nos sacaba fotos a escondidas. ¡Mandó las fotos a su mujer, pero luego el pobre bastardo apareció muerto!

—¿Qué estás diciendo? —le preguntó Phillips.

—Es una asesina profesional, pero finge ser detective privada. Busca a mujeres ricas que aborrecen a sus maridos. Contrata a putas como yo para que se lo hagan con ellos y fotografiarlo todo. Luego usa las fotos para que las esposas se pongan furiosas y la contraten para matarlos.

La detective no podía creer lo que oía.

—¿Por qué, en nombre de Dios, te has prestado a algo así?

—¡No lo sé! —gritó Lucy, incapaz de soportar los remordimientos—. Dijo que era una detective privada que necesitaba pruebas que la esposa pudiera usar en el proceso de divorcio. ¡Pero luego, cuando me entregó el dinero, me contó la verdad! ¡Y dijo que me mataría si se lo contaba a alguien!

—Tienes que llevarme hasta ella —dijo la detective, ayudando a Lucy a ponerse en pie—. Dile que odio a mi novia y que quiero verla muerta; que me ha dejado algo en el testamento pero que es una zorra adúltera.

Sin embargo, Lucy se mantuvo inflexible.

—¡Que no, joder! —insistió, demasiado aterrorizada para preocuparse por otra cosa que no fuera salvar su propio pellejo—. ¡No me estás pidiendo que te lleve hasta un chulo de callejón! ¡Es una asesina profesional! ¡Si se entera de que todavía sigo por aquí, mañana por la mañana me encontrarán con una bala en la cabeza!

—Vale, vale, te lo prometo —le aseguró la detective—. Nunca has estado aquí, nunca nos hemos visto. Pero, por favor, dime todo lo que sepas y yo me ocuparé del resto.

Lucy seguía muerta de miedo. Pero llevaban dos años juntas y sabía que Susan se preocupaba demasiado para dejar que le pasara nada. Así que, a pesar de lo que le aconsejaba su sentido común, la puta decidió decirle a la detective todo cuanto sabía.

No obstante, a pesar de la ayuda de Lucy, a Phillips le llevó todavía tres semanas dar con la puta asesina en cuestión e incluso más encontrar el modo de abordarla. Pero por el momento, dado lo que Lucy le había contado acerca de cómo se habían encontrado las dos, la espléndida lesbiana sabía que era sólo cuestión de tiempo que pudiera meter un pie en su umbral.

—Eh, aquí, cariño —ronroneó Rachel parando a la siguiente puta rubia y sexy—. ¿También te van las tías?

En su escasamente iluminado callejón, a las diez de la noche, la detective de incógnito se quedó de una pieza. No podía creer lo que veía.

Encajaba en la descripción, pero si aquélla era realmente Rachel Whittaker, entonces parecía más una maestra de guardería que una asesina profesional. De eso se trataba, probablemente.

La mujer parecía tan joven e inocente que incluso a Susan le costaba creer que contratara una puta, menos todavía que fuera capaz de estrangular a nadie con un trozo de cuerda. La idea de aquella mujer matando a alguien se le pasó por la cabeza, pero descartó aquellas opiniones infantiles y puso manos a la obra.

—Sí. Me gusta follar con mujeres —dijo, burlona—. Diez dólares por un beso, veinte por lamerte el coño y cincuenta por follar a tope.

Acto seguido estaban ella y Rachel gimiendo de placer en el asiento trasero del coche de esta última, follándose la una a la otra hasta que ambas estuvieron sin aliento.

—¿Te gustaría ganarte unos cuantos miles de dólares? —le preguntó Rachel, hundiéndole los largos y finos dedos profundamente en la vagina.

—¿Bromeas? —jadeó la puta—. ¿Qué tengo que... hacer?

Después de varias semanas de espera, la trampa estaba por fin preparada.

Por lo que a Rachel concernía, la detective Phillips no era más que otra estúpida puta dispuesta a ganarse unos dólares. Y esa puta la tenía por otra investigadora privada que buscaba pruebas acerca de algún marido infiel. Al fin y al cabo, ¿qué razones tenía para sospechar que se tramaba otra cosa?

Desde el día en que había matado a sus padres para heredar, Rachel Whittaker había aprendido que hacerse la dulce y la inocente solía ser más que suficiente para conseguir asesinar.

Si tenía problemas con la policía, o se metía en cualquier lío, se limitaba a sonreír y a agitar las pestañas o gritaba y hacía pucheros hasta que todo pasaba. Como ni siquiera la habían acusado de ninguno de los crímenes cometidos, para sorpresa de la detective, su licencia de detective privada era completamente auténtica. Mientras continuaba representando el papel que la asesina esperaba, Susan se consolaba sabiendo que pronto aquella licencia dejaría de tener validez.

—Bien, cariño —sonrió Rachel cuando se encontraron a las puertas del hotel donde sabían que el objetivo se alojaba—. El nombre de la mujer es Jennifer Willis y ha quedado en encontrarse con una acompañante en su habitación para un buen polvo antes de acostarse. Se aloja en la 314. Aquí tienes la llave...

—¿Jennifer Willis? —la interrumpió Susan—. Creía que habíamos quedado con el marido.

—Esta vez no —se mofó Rachel, maliciosa—. Su afición favorita es recorrer los clubes nocturnos de lesbianas para echar el ojo a putas como tú. Al marido no le hace ninguna gracia, así que va a pagarme cincuenta mil dólares para... obtener pruebas que pueda usar contra ella en el divorcio.

Susan estaba bastante decepcionada. Se había pasado dos semanas haciéndose a la idea de abrirse de piernas para un hombre y tenía curiosidad por saber cómo se sentiría. Pero, desde luego, aquél no era momento para dudar de su sexualidad. Así que, dándole a Rachel un cariñoso beso de despedida, entró en el vestíbulo del hotel y se encaminó hacia la habitación.

En cuanto llegó, se dio cuenta de que algo iba terriblemente mal.

—¿Lucy? —jadeó, atónita—. ¿Qué coño estás haciendo tú...? ¡Oh, Dios mío... CORRE!

La asesina había deducido lo que era Susan en realidad y que Lucy la había traicionado. Para matar dos pájaros de un tiro, había decidido cargárselas a ambas a la vez.

La ratonera estaba lista, pero los ratones eran Susan y Lucy. Aunque salieron corriendo por la parte trasera del hotel tan rápido como pudieron, sabían que la asesina les pisaba los talones.

—¿Llevas un arma? —jadeó Lucy, demasiado ocupada en correr para darse cuenta de lo aterrorizada que estaba.

—Lo siento, cariño. Iba de incógnito.

Al cabo de dos minutos, cuando las mujeres se vieron atrapadas en el pasillo posterior del hotel, con la vía de escape bloqueada por la puerta de incendios que la asesina había trabado, Susan deseó haberse arriesgado y haber metido un revólver en el bolso.

—¿Qué ocurre, señoritas? —se burló de ellas Rachel,

pavoneándose por el pasillo hacia sus presas encogidas de miedo—. ¿No queréis volver a trabajar para mí?

Susan le dijo a Lucy que se quedara detrás de ella. Luego se quitó los zapatos de tacón y se preparó para actuar.

—¡Inténtalo, puta! —aulló la asesina. Pero antes de que pudiera siquiera apretar el gatillo, Susan había lanzado los zapatos al techo para romper los fluorescentes.

El pasillo estaba completamente a oscuras. Rachel disparó y Lucy gritó de miedo. Hubo otros tres disparos y luego todo quedó en silencio.

—¿Susan? —gimoteó Lucy, tanteando con cautela a su alrededor en la oscuridad para encontrar a la mujer que amaba—. ¿Estás bien?

—Sí, estupendamente —jadeó la otra—. ¿Tú también estás bien?

Las dos mujeres suspiraron aliviadas.

—Yo estoy bien. ¿Qué hay de Rachel?

—Está muerta —dijo sin aliento Susan.

Y en la oscuridad, en cuanto Lucy consiguió encontrar la mano ensangrentada de Susan, las dos mujeres se abrazaron apasionadamente, tanto que no hubiesen querido separarse nunca.

—A lo mejor puedo encontrar un trabajo de verdad —bromeó Lucy, sintiéndose a salvo y segura por primera vez desde hacía meses, envuelta en el abrazo reconfortante de su amante.

—A lo mejor puedo volver a homicidios —bromeó la detective—. Seguramente es muchísimo más seguro que esto.

QUE TE DEPILEN

Jade Taylor

Mentiría si dijera que nunca me habían atraído las chicas.

Hubo una en el colegio que llevaba una ropa muy guay y otra en la facultad, con el corte de pelo desfilado, Gina Gershon.

Pero siempre había pensado que quizá no me atraían realmente, que se trataba más bien de admiración, que era algo propio de la etapa adolescente aparte del acné y las hormonas descontroladas.

Porque después de descubrir a los hombres, aquellos sentimientos se desvanecieron.

Cuando unos brazos fuertes de hombre te sostienen y le peinas con los dedos el vello del pecho después de un buen polvo... El aroma almizclado de su pene y verlo a él mientras se la chupas... Bueno, ¿qué puede superar eso?

Así que no estaba preparada cuando me topé con ella, porque realmente lo que despertó en mí no fue admiración.

Estaba sentada en la recepción de mi salón de belleza cuando la vi, hojeando ociosamente una revista ilustrada.

Llevaba el pelo negro corto. Aquel corte de pelo le resaltaba los delicados rasgos, los pómulos altos y los grandes ojos castaños que de vez en cuando me miraban. Era como si notara que yo la miraba. Yo apartaba la mirada cada vez, avergonzada de que me hubiera pillado mirándola, de que me hubiesen pillado mirando a otra chica.

Porque eso estaba haciendo, mirando sus labios carnosos e imaginando cómo sería besarlos, preguntándome si era cierto que besar a otra mujer era algo tan distinto, mucho más suave. Mirándole los pechos, más grandes que los míos y que convertían su figura leve en voluptuosa, me pregunté cómo sería tocarlos, si los tendría tan sensibles como yo.

Miré la ropa que llevaba, los tejanos ceñidos y la camiseta negra ajustada. Yo llevaba una falda suelta, más práctica, que me permitía depilarme las ingles sin quitármela. Me preguntaba si era realmente tan guay como parecía, si se mostraría fría si me acercaba.

Si era capaz de acercarme.

A lo mejor sentía curiosidad pero no era gay, así que no sabía cómo acercarme a otra mujer. Seguramente ni siquiera hubiese sabido qué hacer si ella respondía, no habría tenido agallas para besarla y menos todavía para algo más.

Pero eso no impedía que me lo planteara.

Tal vez era sólo porque no tenía pareja, supongo, quizás era eso.

Mi última relación no había acabado bien y me había descuidado. Al cabo de dos meses de exilio autoimpuesto, ya tenía bastante de esconderme y de salir con la parte de arriba del pijama y pantalones anchos. Así que depilarme las ingles y volver a ponerme tanga era el primer paso.

A lo mejor no estaba lista para volver a las citas, pero al menos lo estaba para recuperar mi verdadero aspecto.

O podía probar algo distinto.

Cuando ella dejó la revista yo la cogí, dispuesta a preguntarle si contenía algo interesante, qué opinión le merecía, lo que fuese para entablar conversación.

No sabía cómo charlar con una mujer, no sabía hacer nada con una mujer (ni siquiera había besado a ninguna amiga para burlarme de los admiradores masculinos), pero hablar era un comienzo.

—¿Algo que valga la pena? —le pregunté justo cuando mi esteticista, Kerry, se me acercaba.

—Siempre lo hay —me respondió enigmáticamente, sonriendo.

—Estoy a tu disposición, Jodie, si quieres seguirme...

Seguí a Kerry, hablando de tonterías mientras me subía rápidamente a la camilla y me arremangaba la falda para enseñarle mis caprichosos pelos.

Dejamos la conversación banal cuando Kerry se puso a preparar la cera. Yo no tenía ganas de charlar porque la chica de la sala de espera no se me quitaba de la cabeza.

¿Me habría visto mirándola? ¿Habría notado que me atraía? ¿Sería gay o simplemente curiosa, como yo?

No noté nada mientras Kerry me untaba cera con manos expertas y, con la misma pericia, me aplicaba las tiras de tela para sacármela.

No podía evitar pensar que tal vez en algún otro lugar del edificio la chica estaba en la misma situación que yo, abierta de piernas, con un pequeño tanga cubriéndole las partes íntimas... o ni siquiera eso.

Me di cuenta de que me humedecía y esperé que Kerry no viera que el tanga se me mojaba mientras yo me imaginaba allí con la chica acostada con el sexo al aire, tocándola.

—Ya está —dijo Kerry, y rápidamente me bajó la falda.

Conduje hasta casa como una loca, con el tanga húmedo y el clítoris exigiéndome atención. En cuanto hube cruzado el umbral me saqué la falda y aparté el tanga para poder meterme los dedos en las profundas humedades. Me masturbé imaginando que mis dedos eran los suyos y, al cabo de segundos, experimenté un orgasmo tremendo, tanto que tuve que apoyarme en la puerta para no caerme.

Al cabo de seis semanas estaba otra vez en el salón de belleza.

Durante seis semanas había estado pensando en ella, tendida en la cama por la noche, acariciándome los muslos rápidamente para excitarme por encima de las bragas empapadas, incapaz de esperar demasiado antes de meter la mano por debajo de ellas e introducir los dedos entre los labios para frotarme el clítoris con energía y rápidamente.

Durante seis semanas había pensado en ella mientras me duchaba por la mañana, mientras me enjabonaba los pechos y los pezones endurecidos y la imaginaba mirándome. Luego, incapaz de parar, me acariciaba todo el cuerpo y con una mano me sujetaba los labios de la vulva y con la otra me masturbaba y me frotaba el clítoris hasta que me corría.

Supongo que por aquella época lo que tenía en mente podría haberme hecho reflexionar acerca de mi sexualidad, pero no; por lo que a mí respectaba, me atraía alguien y me daba igual de qué sexo fuera.

La única diferencia era que no sabía dónde encontrarla. En una ciudad pequeña, si ves a un hombre que te gusta suele ser fácil dar con él. Te dejas caer por los bares y los clubes y acabas cruzándote con él inevitablemente. Pero ella no iba a ningún bar ni a ningún club (creedme, lo miré), y yo era demasiado ingenua para saber dónde estaban los bares de gays.

Me pasé seis semanas fantaseando, esperando, aunque fuese poco probable, volver a verla en el salón de estética; si su última cita había coincidido con la mía, quizá la siguiente también coincidiera. A lo mejor, si había elegido aquella hora la otra vez, volviera a la misma; podía ser la única que le iba bien, por alguna razón desconocida.

Probablemente estaba siendo una ilusa; me gusta pensar en ello con optimismo.

La cuestión es que me llevé un chasco cuando vi que la recepción estaba vacía. Rápidamente avisé de mi llegada y cogí una revista simplemente para esconder la cara mientras fantaseaba acerca de lo que podría haber pasado.

—Jodie, ¿te vienes conmigo?

No reconocía aquella voz, me dije bajando la revista. Y allí estaba ella.

Claro, tenía otro aspecto con la bata blanca, no parecía tan guay e inaccesible como la otra vez.

Pero era igual de atractiva.

Me lamí los labios, nerviosa; ¿qué iba a pasar?

—Lo siento, ¿nadie te lo ha dicho?

Negué con la cabeza.

—Kerry está enferma. Soy Becca, soy nueva aquí pero tengo experiencia, así que espero que no te importe que hoy te depile yo.

Volví a negar en silencio.

La seguí hasta la cabina y ella no charló ni yo lo intenté.

La cabina era la misma pero parecía diferente.

En lo único en lo que podía pensar era en que iba a verme medio desnuda.

Y por si eso no bastaba, me dije, iba a tocarme.

Noté la humedad y supe que, aunque Kerry no lo hubiese notado la otra vez, Becca lo haría.

Estaba empapada. Seguro que notaría mi aroma almizclado enseguida.

—Ya sabes cómo va esto —me dijo, indicándome la camilla.

No dije ni una palabra. Me limité a subirme y a levantarme la falda mientras ella preparaba la cera.

—¿Algún estilo en particular? Brasileño, Hollywoodiense...

—¿Qué es eso? —Yo había oído hablar del brasileño, pero no del de Hollywood.

—Consiste en una depilación completa.

Me alegré de que me diera la espalda porque me puse como un tomate sólo de pensarlo.

Eso quedaba descartado. No temía que me doliera, pero no estaba dispuesta a quitarme el tanga delante de ella, por pequeño que fuera.

—Bastará con una depilación normal para llevar biquini —tartamudeé. Temí parecer una sosa, pero estaba demasiado asustada para decir nada más.

Se dio la vuelta por fin, sonriendo.

—Muy bien.

Establecí contacto visual con ella mientras me tocaba los muslos y me los separaba para aplicarme la cera. Cuando empezó fijé los ojos en el techo, apenas capaz de respirar y mucho menos de charlar.

Todo lo que puedo decir es que estaba tocándome los muslos y después más arriba.

Cerré los ojos. Temía que me mirara y supiera exactamente lo que estaba pensando, lo que estaba pensando... de ella. Temía que supiera que me imaginaba aquella situación de un modo muy diferente, con ella inclinada sobre mí en un ambiente completamente distinto, las dos solas en mi habitación y a punto de hacerlo.

No noté el más mínimo dolor.

Me sentí cada vez más mojada mientras imaginaba su lengua en mi piel, me excitaba más cada vez que la notaba inclinándose sobre mí.

No sabía cómo follar con ella, se me escapaban las posibilidades físicas... pero sabía que quería hacerlo.

Cuando me hubo arrancado la última tira, me chorreaba el tanga.

—Listo. ¿Estás bien? —me preguntó.

Por fin abrí los ojos. Por fin me atreví a establecer contacto visual.

Tenía los ojos de un verde intenso.

Se lamió los labios despacio y se me secó la boca.

Me lamí los labios.

El aire entre nosotras parecía crepitar, electrificado.

Lo único que quería era levantarme y tocarla.

Pero no podía.

—Bien —conseguí tartamudear por fin.

Becca sonreía de oreja a oreja.

—Espera.

Se volvió hacia la mesa para coger algo.

Se me acercó con una loción de aloe vera.

Kerry, mi esteticista de siempre, solía aplicármela después de la depilación, pero lo hacía metódicamente, con rapidez, de una manera profesional.

Aquello era diferente.

Para empezar, Becca se puso demasiada loción en las manos. Cuando me la aplicó, jadeé; Kerry la calentaba antes de ponérmela, pero aquella vez estaba demasiado fría.

Sin embargo, me gustaba.

Me frotó despacio la loción con las manos en la parte superior de los muslos y en las ingles, acariciándome la piel con suavidad.

Yo seguía abierta de piernas, pero no pude evitar abrirlas más.

Olía mi propia excitación y sabía que Becca podía oler aquel aroma almizclado. Me notaba cada vez más mojada, así que empecé a incorporarme.

—¡Qué bien! —le dije, bajándome la falda, increíblemente excitada pero espantosamente avergonzada al mismo tiempo.

Becca me arremangó de nuevo la falda.

—Espera, todavía no se ha absorbido bien.

Volvió a ponerme las manos en los muslos y a darme masaje con la loción, cada vez más y más cerca del tanga.

Cuando con una mano tiró del borde del tanga, gemí.

—Perdón, ¿te he hecho daño?

Hubiera podido decir que sí, hubiera podido hacer que aquello no siguiera adelante, pero no lo hice.

—No.

—Bien.

Volvió a sonreírme y siguió tocándome.

Esta vez no dije nada cuando tocó el tanga. Me mordí el labio para no gritar.

Luego deslizó una mano por debajo. Se le aceleró la respiración cuando me introdujo los dedos entre los labios de la vulva buscando el henchido clítoris.

—Becca... —le dije, pero me ignoró y no dejó de tocarme.

Me frotó con suavidad el clítoris y no puede evitar soltar un gemido, no pude evitar levantar las caderas, no puede evitar desear que me llevara al orgasmo.

Empezó a frotarme con más rapidez y más energía y supe que no tardaría en correrme.

—Becca... —gemí de nuevo, y me miró a los ojos.

—Sí —dijo, tocándome, mirándome mientras me ponía colorada y sentía aumentar la excitación.

Volvió a lamerse los labios y... se acabó.

Llegué a lo bestia, restregándome contra su mano, gimiendo.

Después se dio la vuelta para lavarse las manos y me ayudó a levantarme como si nada hubiera pasado.

La seguí hasta el mostrador de recepción más silenciosa y satisfecha de lo normal.

Ella fue conmigo hasta la puerta y pensé que me diría algo.

Seguramente no se comportaba de aquel modo con todas las clientas... ¿o sí?

Pero en lugar de decir algo me entregó una tarjeta de visita.

—También visito a domicilio, si te conviene más.

Becca me apartó el pelo de la cara y, a pesar de que se había lavado las manos, todavía noté mi olor en ellas.

—Vale —le dije, metiendo la tarjeta en el bolso.

La llamé al cabo de dos semanas.

—Quisiera pedirte hora, por favor.

—¿No quedaste satisfecha con la última depilación? —me preguntó con voz risueña.

—Más que eso —tartamudeé, incapaz de explicarme, pensando que tal vez no era buena idea, que no debía hacer aquello.

—¿Pues? —volvió a preguntarme.

—Quiero pedirte hora otra vez.

Esta vez en lugar de falda llevaba tejanos.

Me siguió escaleras arriba hasta mi habitación y yo ya estaba caliente incluso antes de que me pusiera una mano acariciadora en el culo.

—Pues... —empecé a decir, segura de que los nervios me traicionarían.

—¿Pues? —me preguntó, poniéndome las manos en los pechos.

—Pensaba en un Hollywood...

Me quité las bragas.

LA NOCHE DEL OSO

Garrett Calcaterra

Silya se agarró al vello oscuro del pecho de Varick y lo usó para hacer palanca mientras se le ponía encima. Era delgada pero fuerte, y una de las pocas chicas con las que había estado que podía metérsela entera. Sabía que en parte se debía al Afrodilio que le corría por las venas; incrementaba la sensibilidad, convertía el dolor en placer. A Varick le sangraba el pecho allí donde ella le arañaba y le arrancaba puñados de vello, sin embargo, la sensación se incorporaba a la euforia que irradiaba desde las entrañas.

Mordió uno de los pálidos pechos que tenía delante, enganchando el pezón con los caninos. Ella soltó un grito ahogado y cerró las piernas y la vagina para estrecharlo más dentro de sí. Él gruñó y empezó a levantar las caderas rítmicamente en sincronía con las arremetidas de ella. Silya se le agarró más al pecho y le hincó los dientes en las caderas, todo ello sin dejar de sujetarlo con las piernas ni de cabalgarlo como a un toro. Subía hasta el glande y luego se dejaba caer, sin dejar nunca que se saliera.

Cuando se corrió, lo hizo con violencia; los músculos del vientre se le contrajeron, la piel se le puso tirante. Eso siempre lo hacía explotar. Incluso mientras ella resoplaba y ponía los ojos en blanco, él la agarró de la cintura por encima de las costillas; los músculos internos de ella se contraían alrededor de su polla en oleadas, como si tuviera un ataque. Le clavó las rodillas en los riñones; con las uñas le arrancó tiras de piel del pecho. Él la agarró del culo con sus manos carnosas y se la metió con tres contundentes empujones.

Su grito, su profundo aullido, el sonido de la piel húmeda de ambos al chocar reverberaron en los muros de piedra de la habitación parecida a una celda.

Cuando la euforia se apagó en los ojos de Varick y pudo pensar de nuevo, Silya estaba desplomada sobre él y su cabeza se levantaba con cada bocanada que él inspiraba. Seguía dentro de ella y notaba el líquido caliente que le humedecía el vello: en parte su propio semen y en parte las secreciones de ella.

«Dios, es buena», pensó deseando una vez más ser capaz de convencerla para marcharse de allí con él. Siempre que se lo proponía, sin embargo, ella se limitaba a decirle:

—Nuestro lugar está aquí, mi estúpido gran oso.

Él no era estúpido, y ella lo sabía, pero todos los demás creían que sí; lo creían por ser tan grandullón como era y porque Silya lo había contratado de forzudo.

Notó en la cabeza un ramalazo de dolor y cerró con fuerza los ojos. Las marcas del pecho le ardían y respiraba a bocanadas cortas. El teléfono se puso a sonar, agravando la presión que notaba detrás de los ojos. Varick tenía el vago recuerdo de un timbre que sonaba mientras follaban.

—Silya, Silya... Está sonando el teléfono.

Varick levantó la cabeza y la sacudió, pero ella no respondió. Le costaba más respirar y notaba náuseas en el estómago. Se la quitó de encima y la puso boca arriba con suavidad. Notó que no se le movía el pecho y volvió a sacudirla. Vio la lividez de sus labios. Un calambre le recorrió el costado y gritó, en parte debido al dolor y en parte porque se daba cuenta de que Silya estaba muerta. El teléfono seguía sonando en el rincón. Dejó la cama para levantar el auricular.

—¿Qué?

—¿Varick? —No te tomes el Afrodilio. Está adulterado.

Era Dardanio, el socio de Silya.

—Demasiado tarde —dijo Varick, sin aliento, con una presión mayor todavía en el pecho—. Silya ha muerto.

Hubo un silencio antes de que Dardanio respondiera.

—Bien, tiene un kit de vitropina. Cógelo.

Varick volvió a la cama, con el receptor en la mano. Apartó la jeringa vacía de Afrodilio del suelo y escarbó en el montón de ropa hasta que encontró la caja plateada. Dejó el teléfono para abrir la caja y prepararse el chute.

Cuando hubo llenado la jeringa, puso la aguja hacia arriba y empujó el émbolo hasta que empezó a salir el líquido. Luego volvió a coger el teléfono.

—Bien. ¿Se la clavo en el corazón?

—¡Eso no le hará ningún bien! Clávatela a ti. Ya nos ocuparemos de ella después.

—Vale.

Varick dejó el teléfono en el suelo. Había hecho aquello más de una docena de veces a clientes con sobredosis, pero en aquel momento tenía la cabeza embotada y la sangre le retumbaba en los oídos. La saliva le caía por las comisuras de la boca en la barba y sabía que estaba a punto de perder el control. Se dejó caer en la cama al lado de Silya y levantó la jeringa con ambas manos. Situó los dos pulgares en el émbolo y se clavó la aguja en el pecho.

Un dolor atroz le quemó el cuerpo. Se le arqueó la espalda, empezó a verlo todo rojo y gritó. Al cabo de un rato, la voz del teléfono lo devolvió a la consciencia.

—Varick... ¿Varick?

Varick tiró de la aguja que le sobresalía del pecho y agarró el teléfono.

—Estoy aquí.

—Bien. Ahora, vístete. Tienes que llevar a Silya a un *virilis daemonium*.

—¿Has perdido la cabeza? —gritó Varick, tan indignado que la furia le barrió la niebla del dolor—. La llevaremos a un nigromante para que la reanime. Hay uno cerca del puerto. Reúnete ahí conmigo dentro de veinte minutos, con dinero suficiente.

—¡Maldita sea, Varick, usa ese cerebro tuyo de mosquito! Te he dicho que el Afrodilio estaba adulterado. Eso quiere decir que alguien nos quiere a nosotros y quiere a nuestros clientes muertos. Sabes tan bien como yo que sólo hay una persona...

«Majid.» Verick sabía lo suficiente para no pronunciar su nombre por teléfono.

—Estará vigilando a todos los nigromantes —prosiguió Dardanio—. Estarán dispuestos a terminar lo que el Afrodilio dejó a medias.

—No me dan miedo esos matones.

—A mí, sí. Y soy el que tiene el dinero.

—¡Pedazo de mierda, cabrón!

—Soy un cabrón de mierda que tendrá una larga y próspera vida porque sabe cuándo desaparecer del mapa. Ahora lleva a Silya a un *virilis daemonium* para que pueda recuperar a mi compañera e imagina qué...

Varick le colgó. Dardanio se ocupaba de las finanzas y el bastardo sabía que Silya no tenía dinero suficiente a mano para pagar a un nigromante. Varick, desde luego, no llevaba tanto dinero encima.

«¡Que le jodan!» Varick tenía sus propios recursos. Había conseguido unos cuantos clientes con los que trataba por su cuenta, unas cuantas parejas de ricachones a las que había vendido el nuevo Afrodilio aquella mañana, de hecho. Si conseguía dar con una antes de que se tomaran una dosis y advertirla...

Descolgó el teléfono y marcó el primer número. No obtuvo respuesta. Lo mismo sucedió con el segundo número. También con el tercero. A la última llamada respondió alguien, pero fue una mujer frenética, no su cliente. Colgó furioso e hizo añicos el auricular.

—¡Joder!

Kroken, el *virilis daemonium*, era un mierda. No solía ser difícil encontrarlo en un rincón de la taberna Jade, tomando whiskey y jugando a las cartas con alguien lo suficientemente idiota para jugar con él. Nadie que le hiciera trampas mantenía la cabeza unida a los hombros. A las chicas que mataba (y a algunos hombres a los que deseaba hacer sufrir) las sacaba al callejón para despacharse a gusto. Ninguna volvía a la taberna Jade. El dueño del bar sólo toleraba a Kroken porque pagaba el whiskey y porque no quería que le arrancara a él la cabeza.

El *daemonium* aceptó reticente la pequeña cantidad de dinero que Varick podía ofrecerle cuando éste le susurró al oído que necesitaba que reanimara a Silya. Ella y Varick frecuentaban la taberna Jade lo suficiente y Kroken siempre le lanzaba miradas lascivas y le hacía proposiciones cochinas que ella rechazaba con alguna de sus ocurrencias. Por enfermo que lo pusiera dejar que Kroken la tuviera, Varick sabía que no tenía otra opción. Era eso o la muerte definitiva para Silya.

En circunstancias normales, Varick jamás hubiese llevado a nadie a la habitación del sótano oculta detrás de la casa de empeño de Silya: la tapadera de su verdadero negocio. No era la clase de información que un traficante quería que se supiera, sobre todo, que supiera alguien como Kroken, pero Varick no tenía intención de permitir que el *daemonium* saliera vivo de allí, menos aún de que difundiera dónde vivía Silya.

Varick había ocultado todo lo de la habitación y colocado a Silya en la cama, cubierta con las mantas. Cuando llevó a Kroken abajo, el *daemonium* arrancó las mantas y se arrodilló a mirar el cuerpo desnudo. Pasó un dedo con la uña larga por la raja del pubis y se la metió en la boca antes de volverse con una sonrisa de suficiencia hacia Varick.

—Esperaré arriba a que termines —dijo Varick, volviéndose para marcharse.

—No. Vas a mirar. Es parte del trato. Quiero que la veas retorcerse cuando la empale.

Varick se limitó a asentir con la cabeza y se cruzó de brazos, porque no se atrevía a decir nada. Kroken sonrió otra vez presuntuoso y luego se quitó la chaqueta y los pantalones de piel. Tenía el miembro viril duro: protuberante y venoso, moteado de negro y rojo como el resto de su piel. Vello corto, negro y rizado le cubría el pecho y le crecía por encima de la polla. Era alto, casi tan grande como Varick, pero con unos músculos de piedra, sin un gramo de grasa, duro de pies a cabeza. Agarró ambas nalgas de Silya con una mano y le subió las piernas hasta que pudo arrodillarse frente a ella.

—¿Estás mirando? —preguntó. Se escupió en la mano y se sujetó la polla. Se la metió a la fuerza, sin molestarse en separarle los labios para facilitar la entrada, y el cuerpo de Silya se deslizó hacia delante en la cama con el cuello estirado de lado.

»Al principio no se mueven mucho, pero el botón mágico suele ponerlas en marcha.

Varick apretó la mandíbula, pero no dijo nada mientras Kroken soltaba un gargajo y lo dejaba caer en el coño de ella. El *daemonium* empezó a trabajarle el clítoris con un dedo mientras se la follaba.

Al principio era imperceptible, pero poco a poco la cara de Silya recuperó el color y sus piernas dejaron de tambalearse inertes. Al cabo de un rato, un leve gemido escapó de sus labios y movió los dedos por su cuenta. Varick dio un paso adelante, pero vio que todavía no respiraba, que no estaba aún viva. Kroken siguió follándosela, escupiéndose en la polla si estaba demasiado seca. Cuando las piernas de Silya dieron muestras de vida, el *daemonium* dejó que cayeran una a cada lado de él. Todavía no respiraba y seguía con los ojos cerrados, pero empezó a mecer las caderas y los músculos de su vientre se activaron.

—Ya casi está —gritó Kroken—. ¿Estás preparado para el gran final?

Sacó el pene, volvió a escupir para mojarlo y levantó una pierna de Silya y la puso de lado.

—¡No! —gritó Varick.

—¡Ssssí! —siseó Kroken, agarrándose la polla con una mano y enculando a Silya—. ¡SÍ!

La primera embestida fue lenta, pero las siguientes, progresivamente más rápidas y brutales. La caderas eran una imagen borrosa. Silya se arqueó hacia atrás. Inspiró profundamente y luego se puso a gritar. Kroken soltó un bramido. Un fluido negro salió a chorro del culo de Silya durante los dos últimos empujones, luego la sacó y derramó más semen negro, o lo que coño fuera, sobre el cuerpo de ella.

Varick ya tenía el revólver preparado y apuntando. Sólo esperaba hasta asegurarse de que Silya estaba viva. En cuanto ella inspiró de nuevo y abrió los ojos, apretó el gatillo.

El disparo sacó a Kroken de la cama, pero casi inmediatamente ya estaba otra vez en pie.

—¡Insensato! ¿Creías que podías matarme con un jodido revólver?

Varick le disparó todas las balas en la cara. Kroken se tambaleó hacia la pared y se desplomó en el suelo. Varick tiró la pistola y se le echó encima. Lo sujetó contra la pared con un pie y le rodeó sus partes con un alambre. Kroken abrió los ojos a tiempo de ver a Varick tirar de ambos extremos del alambre y amputarle los testículos y el pene. Saltaron por el aire un instante antes de caer al suelo con un sonido blando. Kroken soltó un grito ahogado. El humo le salió de la boca y de la nariz y Varick apenas tuvo tiempo de apartarse antes de que su cuerpo ardiera en llamas. El *daemonium* se consumió rápidamente y de él quedó sólo un montón de hollín y, por fortuna nada más en la habitación incendiada.

Cuando todo hubo pasado, Varick se volvió hacia Silya, que estaba sentada, temblando, en la cama. Estaba cubierta de porquería del *daemonium*. A Varick le daba asco, pero acudió a consolarla de todos modos. Cuando lo tuvo cerca, ella le dio un bofetón.

—¿Un jodido *virilis daemonium*?

Varick tomó una habitación en un motel con el dinero que le había quitado de los pantalones a Kroken. Cuando Silya se hubo lavado y Varick le hubo explicado todo lo sucedido, ya estaba menos furiosa con él.

—Majid nos ha vendido —le dijo desde la cama, donde estaba sentada en camiseta y bragas.

—Pero ¿por qué matar a tus mejores traficantes? —Aquello seguía sin tener sentido para él.

—Porque nos negamos a vender su nuevo producto. El Orgasmo.

—El O —dijo Varick.

—Un nombre estúpido. No puedes tener un orgasmo si lo intentas estando hasta arriba de esa mierda. Pierdes el contacto con tu cuerpo y es demasiado fácil tomar una sobredosis.

—Ah, por eso te quiero —dijo Varick—. Eres la única traficante de drogas con escrúpulos que conozco.

—Sólo vendo los productos que me convencen. Con Afrodilio se folla mejor y me encanta follar.

—Ya. Pero esa mierda no tiene nada de bueno cuando está adulterada.

Silya se encogió de hombros y comentó:

—Antes de morir follé estupendamente.

Varick no se rio. Ella se tomaba la muerte demasiado a la ligera, probablemente porque seguía conmocionada. Todo aquello empezaba a tener cierto sentido, sin embargo. Silya y Dardanio eran los principales distribuidores de Majid. Si no querían comercializar el O, los otros traficantes también dudarían. Majido tenía que saber que sacando una partida adulterada de Afrodilio al menos conseguiría matar a Silya, tal vez a Dardanio, por no mencionar a una docena de parejas de usuarios. Correría el rumor y la reputación del Afrodilio se vería afectada. Menos competencia para el O. Si aquello era cierto, Dardanio probablemente había estado en lo cierto; Majid habría mandado a hombres para acabar con Silya y con Dardanio y asegurarse de que no los reanimaran.

—Maldito Dardanio.

—No podía hacer nada más —le dijo Silya—. Tenemos que encontrarlo antes de que lo haga Majid.

—Que lo encuentre. Nosotros hemos terminado con esto. Voy a sacarte de la ciudad.

—Soy yo quien te paga, ¿recuerdas? Soy tu maldita jefa. Tú haces lo que yo diga.

—Cuando me conviene. Y ahora me conviene asegurarme de que estés a salvo.

—¿Crees que estaremos a salvo sólo por dejar la ciudad? Majid llega a cualquier parte. Tendremos asesinos persiguiéndonos mientras viva. Si los hombres no lo consiguen, mandará lobos u otra cosa. Mientras siga con vida.

Varick inspiró profundamente.

—Quieres que lo mate.

—Lo quiero muerto. No me importa si lo matas tú.

—¿Quién si no?

Ella no respondió.

—Cuando le haya matado, nos iremos. Dardanio nos dará tu dinero y nos iremos. Si Dardanio pone pegas, mataré a ese lameculos también y nos quedaremos con todo el dinero.

Fueron hacia la puerta, pero ella lo agarró antes de que pudiera salir y acercó su cara a la suya.

—¿Puede mi oso de peluche matar a Majid? —le preguntó entre beso y beso—. Es un moroi.*

Varick se apartó de ella antes de que se le pusiera dura.

—Tu oso sabe cómo matar a los jodidos vampiros.

---

* Vampiros y amantes consumados. Se dice que si alguien se topa con un moroi, vivirá una experiencia inolvidable. *(N. de la T.)*

El Pleasure Den era un oasis de neón monstruoso en medio de una ciudad destartalada: tenía bar *topless*, discoteca, casino y, si sabías lo que decir a los gorilas, despacho de drogas y burdel. Majid era el propietario y el gerente.

Tenía una suite privada para sus amantes y un voraz apetito por los adolescentes, tanto chicos como chicas, si los rumores eran ciertos. Ninguno era capaz de resistirse a su encanto si le caía en gracia. Varick había oído que había tenido a Dardanio como amante ocasional, y también a Silya. Sylia negaba haber follado con él, pero Varick no hubiese apostado a su favor. Era lo suficientemente joven para haber estado muy arriba en el escalafón.

El lugar estaba bien vigilado. Había guardias de seguridad armados de pie en todas las puertas, los gorilas de dentro llevaban pistolas aturdidoras, había cámaras por todas partes y, además, guardias de incógnito, vestidos de calle, bebiendo y bailando con la clientela. Aunque el punto fuerte de Varick fuese su capacidad para colarse, era imposible que entrara allí sin que lo notaran, así que optó por lo segundo que se le daba bien: entró por la puerta principal.

Los guardias no le prestaron atención y recorrió el casino hasta el bar al que siempre iba cuando Silya quedaba con Majid.

Pidió lo habitual, una cerveza gigantesca, y se sentó un momento para asegurarse de que las cámaras lo captaban bien.

Cuando se hubo tomado la cerveza, se acercó a la entrada del burdel. Una vez más, los guardias lo dejaron pasar sin decirle nada, aunque lo repasaron de pies a cabeza, como solían. La madama sonrió cuando lo vio entrar en el salón y se apresuró a estrecharle la mano. Era mayor y llevaba demasiado maquillaje, pero tenía unos pechos orondos que el vestido mantenía juntos y levantados y no le faltaba atractivo. Dos putas estaban ociosas en sillas de terciopelo, a su izquierda. Una llevaba un vestido de seda que apenas le cubría las turgentes tetas de silicona. La otra era una pelirroja de aspecto más natural, aunque llevaba un camisón pudoroso y era difícil asegurarlo. Eran atractivas, pero las putas no le interesaban.

—El Oso por fin viene a perderse entre las piernas de una de mis chicas —dijo la madama—. ¿Las llamo para que escojas o ya tienes a alguna concreta en mente? ¿Tal vez yo?

—En otra ocasión, quizás. He venido a hablar con Majid.

Ella sonrió, pero la decepción se le notaba en la mirada. Lo acompañó, pasando por delante de las putas que esperaban y de la escalera ornamentada que llevaba a las habitaciones del piso de arriba, hasta el extremo opuesto del salón, donde había otros dos guardias de pie ante unas puertas dobles. Lo cachearon, más concienzudamente que los otros, y cuando quedaron satisfechos lo dejaron pasar. La habitación era oscura y había en ella más o menos veinte de los invitados de honor de Majid, sentados en almohadones lujosos, en el suelo, o en los taburetes del bar. Sonaba de fondo una música tranquila de sitar. Las paredes estaban cubiertas de tapices. En el centro de la habitación estaba sentado Majid. Levantó la cabeza cuando Varick entró y, por una milésima de segundo, a Varick le pareció ver un destello de sorpresa en su cara. «Me creía muerto o no tan osado en caso de seguir vivo.»

El moroi era un tipo frío, sin embargo. Si estaba sorprendido se recuperó rápidamente y no lo demostró en absoluto. Sonrió levantándose y se acercó a Varick con elegancia inhumana. Los dientes y los ojos le brillaban en contraste con su piel olivácea.

—Bienvenido, mi querido Varick. ¿A qué debo el honor de tu visita?

—Me gustaría hablar contigo.

—Por supuesto. Ven. Siéntate a mi lado.

Varick escaneó la habitación mientras Majid lo llevaba hasta el almohadón del centro de la habitación. No había guardias de uniforme, pero sabía que al menos cuatro de los invitados eran guardaespaldas, sin duda, armados, seguramente con chaleco antibalas. No podría matar al moroi antes de que lo llenaran de plomo. Tenía que estar con Majid a solas.

—Bueno —dijo Majid—. ¿Te has cansado de los encantos de Silya?

—En cierto modo. Ya no es capaz de satisfacerme.

Majid se encogió de hombros y apoyó una mano en la pierna de Varick.

—Todos acabamos por cansarnos de nuestros amantes. Por eso tengo tantos. Espero que la ruptura no afecte a vuestros acuerdos de negocios.

—No creo que pueda volver a trabajar con ella —le dijo Varick. Pero aquellas palabras no parecían tener sentido para el moroi. Todo lo que Majid hizo fue fruncir el ceño ligeramente—. Para mí está muerta —añadió Varick.

—¡Menuda ruptura! —croó Majid.

El moroi apretó la pierna de Varick y a éste lo asaltó repentinamente una duda. O bien Majid no tenía ni idea de que Silya había muerto o lo tomaba por idiota.

—A lo mejor puedes trabajar para mí... —continuó Majid—. Se me ocurren muchas cosas que el Oso puede hacer para servirme. Pareces nervioso. Estás tenso. ¿Quieres que hablemos en privado?

Varick sudaba. Esperaba quedarse a solas con Majid, pero aquello estaba siendo demasiado fácil. «¿Está cayendo en mi trampa o estoy yo cayendo en la suya?» Pero Varick se limitó a asentir. Majid sonrió, luego tomó a Varick de la mano y lo llevó por el salón. Varick quería apartar la mano, no quería que aquel hombre, cuarenta centímetros más bajo que él, lo llevara por la habitación como a una gacela, pero no podía zafarse. Los pies no le obedecían. Levantó la cabeza y vio al moroi que lo miraba bajando la suya. Una vez establecido el contacto visual, no podía apartar los ojos. Era como estar mirando a los ojos a un dios. Estaba perdido en aquellos ojos castaños. Notaba cómo caía más y más. «Me tiene —comprendió Varick muerto de pánico—. No me teme.» La rabia lo invadió. Los ojos castaños intentaban tragárselo, y notaba que a su alrededor la música y la gente habían desaparecido, que estaba tendido y que Majid lo desnudaba. La euforia lo invadió y por un breve instante casi se rindió... ¿O fue un rato más largo...? No estaba seguro... El tiempo perdió toda importancia... ¡Sentía tanta calidez...! ¿Así se sentía uno cuando tomaba el

O...? ¿Había alguna razón para que estuviera combatiéndolo?... Y entonces se acordó de Silya tendida en la cama, muerta, y de Kroken profanando su cuerpo, y la rabia volvió a crecer en él. Se esforzó por recuperar sus sentidos, por abrir los ojos.

Recuperó la conciencia con un gruñido que murió en su garganta. Estaba tendido, desnudo, en una cama. Majid, entre sus piernas, le chupaba la polla dura como una piedra. El moroi pareció desconcertado al principio de ver a Varick mirándolo fijamente, pero luego se le dilataron las pupilas de deseo y volvió a la carga con renovado vigor. Varick tembló de miedo. No osaba moverse con aquellos colmillos de vampiro en el pene. Con una mano, Majid le acariciaba la base del pene, con la otra le sostenía los testículos y le masajeaba el escroto, y con la lengua...

Varick se abalanzó para agarrar al otro por el pelo con ambas manos. Le horrorizaba que pudiera darle placer un hombre, que se aprovechara de él aquel jodido vampiro, pero no podía creer lo mucho que le gustaba.

Majid agarró la polla de Varick con ambas manos y se metió el glande en la boca.

—Nadie ha escapado —jadeó entre chupetones y lametazos—. Serás el primero en tenerme. Tú, el Oso, me tendrás.

De repente, Varick lo entendió. «Ha seducido a cientos, se los ha follado, pero nunca se lo han follado a él.» No perdió ni un instante. Agarró a Makid por el pelo con una mano y le hundió la polla en la garganta. Cuando notó sus arcadas, le levantó la cabeza de un tirón y le miró directamente a los ojos. Varick seguía agarrándolo del pelo con una mano.

—Voy a follarte ahora.

—Sssiiií —asintió Majid desesperadamente.

Acto seguido, Varick tiró de Majid hacia el borde de la cama por el pelo y, con la otra mano, partió un pedazo de columna de la cama y se lo clavó al moroi en el corazón. Majid soltó un grito ahogado y sacudió la cabeza mirando a Varick.

—¿Por qué?

—Porque has intentado matar a Silya.

—No, no, no... —dijo el moroi—. No... matado... Silya...

Varick se sentó a mirar cómo moría Majid, que no dejaba de repetir «no» una vez y otra. Varick no había conocido a ningún hombre que mintiera en los estertores de la muerte, así que le invadió una inquietud. No sentía remordimientos; si no por otra cosa, el bastardo se merecía la muerte por haber querido violarlo. No, era que nada de aquello tenía lógica. Majid no había dado a entender que supiera que Silya había muerto, y no era tan buen actor. Varick lo había pillado desprevenido dos veces. No, él no sabía nada acerca del Afrodilio adulterado ni de la muerte de Silya. «Entonces, ¿quién?» La respuesta era bastante obvia. «Dardanio.» Era quien había llamado para decirle a Varick que llevara a Silya al *virilis daemonium*. Debía de saber que ella había mandado a Varick tras Majid. «Pero ¿a quién quería ver muerto? ¿A mí o a Majid?» Podría haber muerto uno o podrían haber muerto ambos y, ahora que Varick lo pensaba, todavía estaba lejos de salir con buen pie. Seguía en la guarida de Majid y, en cuando alguien se enterara de lo sucedido, cada maldito guardia de aquel sitio lo perseguiría.

Saltó de la cama, agarró la ropa y registró la habitación. Sólo tenía una puerta, la que daba al bar privado del salón, pero también había un monitor de seguridad en el escritorio. Se acercó al monitor y cortó la alimentación de la cámara de seguridad mientras se ponía los pantalones. Había una media docena de cables de alimentación en el casino, uno en cada una de las ocho barras, dos en uno de los baños de caballeros, uno en el salón del burdel, dos en el bar privado, tres en el despacho de drogas, uno en la sala de control... Varick se quedó quieto y miró más de cerca la pantalla. Había guardias en la sala de control y alguien más. «Dardanio.» Estaban mirando sus propios monitores. Varick volvió a darle al interruptor y se vio a sí mismo en la pantalla. Miraba al techo y, seguramente, había una cámara en el rincón, una pequeña semiesfera negra en el cielo.

Varick se acercó a la puerta, que se abrió antes de que llegara a ella. No era un guardia quien la cruzó, sin embargo. No fue Dardanio. Fue Silya. Empuñaba una pistola. Su pistola. Cerró la puerta cuando hubo entrado en la habitación. Llevaba su atuendo de trabajo: pantalones negros de cuero y una camiseta sin mangas. No usaba sujetador. Hacía mucho que había aprendido que llevaba las de ganar si un cliente o un enemigo estaba entretenido mirándole las tetas.

—Silya, ¿qué estás haciendo aquí?

Silya le respondió con un disparo. Cayó al suelo, más de la sorpresa que a causa del dolor. La bala no le había dado en el corazón, sólo le había rozado un pulmón y podía levantarse apoyándose en un codo.

—Sabía que serías capaz de hacerlo, mi estúpido oso

grandullón —le dijo ella acercándose—. Dardanio no me creía, pero le dije que lo harías.

Varick estaba asqueado.

—Majid nunca intentó matarte.

—Claro que no. Era demasiado vanidoso para darse cuenta de que podría haberme matado. Pero le hemos dado una lección, ¿verdad? ¿Te dio por el culo antes de que le mataras? —Le echó un vistazo al cadáver de Majid y vio que seguía vestido—. Impresionante. —Tiró del brazo de Varick, que se derrumbó en el suelo.

—¿Por qué? —gimió.

—Porque, oso estúpido, Majid no tenía segundo al mando, no tenía heredero. Dardanio es el siguiente en la línea de sucesión para heredar su imperio.

—Maldito Dardanio.

—Dardanio es mi pareja. Si he subido en este negocio ha sido gracias a él.

—Maldito Dardanio —volvió a gruñir Varick—. Es un jodido inútil. Yo te quiero.

Silya sonrió.

—Y a mí me gusta cómo me follas. Por eso voy a hacer que este momento sea dulce para ambos. —Dejó la pistola y se sacó una bolsita del bolsillo trasero del pantalón. La abrió y preparó la jeringa, luego le dio un chute de Afrodilio.

»El último de la partida adulterada —dijo desabrochándose los pantalones y bajándoselos por las piernas blancas y esbeltas. No llevaba bragas y seguía teniendo el pubis afeitado todavía rosado a causa de los polvos de aquel día.

Varick ya la tenía dura cuando ella tiró de sus pantalones. Jugó con él, sin embargo. Primero se la lamió, apenas rozándole la punta de la polla con la lengua. Luego se le puso encima, contoneándose despacio, bajando las caderas hasta casi tocársela con la vulva y acercándose luego a su cara para que pudiera olerla. Se quitó la camiseta para dejar al descubierto sus abdominales trabajados, pero no le ofreció las tetas porque sabía lo mucho que a él le gustaban.

Volvió a su polla y se agachó. Luego le pasó el coño por la polla de modo que ésta quedara apoyada en su vientre. Ya estaba mojada y no podía esperar mucho más. Se la metió y sacudió las caderas. Él no pudo evitar respirar profundamente. Le salió sangre a borbotones, pero el Afrodilio le había quitado el dolor de la herida de bala.

Dejó caer hacia atrás la cabeza y cerró los ojos, intentando no olvidar que lo había traicionado, que se había aprovechado de él. Que estaba tratando de matarlo.

—¿No soy lo bastante bueno para ti?

—Demasiado bueno —jadeó ella—. Demasiado estúpido. No me hace falta que ningún jodido caballero con armadura me rapte.

Se chupó un dedo y lo hundió en la herida sangrante de su pecho. Él aulló, a pesar incluso del efecto del Afrodilio, y cualquier cosa que sintiera por ella desapareció. La agarró por los brazos y rodó con un gruñido hasta colocarse encima de ella, que no dejaba que se le saliera. Pero ahora él llevaba la voz cantante. Silya agitó las piernas en el aire cuando se la metió hasta el fondo. Varick notaba la presión en aumento de los testículos y en la base del pene. La jodida mamada del vampiro lo había puesto a mil y estaba a punto de explotar. Le arrancó la camiseta y le chupó una teta. Ella le envolvió la cintura con las piernas y lo empujó todavía más adentro.

—Eso me gusta, mi estúpido oso grandullón. Fóllame a tope mientras mueres.

Varick sentía una rabia ciega.

—Estúpida puta. Soy un oso.

—Sí, mi estúpido oso grandullón. Fóllame con todas tus fuerzas.

El vello de los brazos y del pecho se le erizó y Varick se dio cuenta de que estaba perdiendo el control.

—Soy un jodido *berserkr** —intentó advertirla—. Tu veneno no va a matarme.

Pero era demasiado tarde. Ella respiraba entrecortadamente y los músculos de su vagina se contraían alrededor de su polla. Se dejó ir mientras explotaba en su interior. Se oyó rugir y fue lo último que recordaba.

Cuando recuperó la conciencia estaba ensangrentado. Ya no se encontraba en la habitación de Majid sino en el casino. Los cadáveres destrozados de dos docenas de guardias lo rodeaban y la cabeza cortada y ensangrentada de Dardanio estaba a sus pies. Todos los invitados se habían largado y, por lo visto, Varick era la única persona viva que quedaba en el Pleasure Den. Se le pasó

---

* Legendarios guerreros que, en el frenesí de la batalla, se transformaban en oso y aullaban y echaban espuma por la boca. Eran inmunes tanto a las heridas como al fuego. Constituían una élite asociada principalmente al ejército del dios Odín. *(N. de la T.)*

por la cabeza volver a la habitación de Majid, pero decidió que no quería ver lo que había hecho.

Hacía casi cinco años que no se permitía transformarse. No le gustaba perder el control, pero Silya no le había dejado otra opción. Había intentado llevársela, pero ella no quería oír hablar de ello, y, en realidad, tampoco lo quería a él, como ahora sabía.

Varick se miró el cuerpo desnudo. Tenía un par de heridas de bala, pero sanarían, como ya había sanado la que le había hecho Silya. Ni siquiera notaba la resaca del Afrodilio.

Un repentino revuelo a su izquierda le llamó la atención y se volvió para ver a la madama y a un par de putas medio desnudas salir por la puerta que daba al burdel. Cuando lo vieron, gritaron y corrieron. No pudo evitar reírse. Incluso a las putas las asustaba un *berserkr*.

«¿Qué pasa? ¿No decíais que queríais al jodido oso?»

Pesquisas propias

J. Carron

—Es como ese barco... ¿cómo se llamaba?
Danny nunca ha tenido demasiada cultura general. Por eso precisamente no forma parte del equipo para el concurso del pub de la comisaría: es el cuarto reserva.
—El *Marie Celeste* —le dice Claire.
Pero es un buen tío, se dice. La puerta trasera estaba abierta de par en par cuando han llegado. Hay dos tazas de café en la mesa de la cocina y un periódico abierto. Alguien ha sacado un paquete de galletas y un cartón de leche. Claire nota que la leche está pasada: huele mal.
—O están muy ocupados o se han ido pitando —dice Danny, aflojándose la corbata.
Danny parece incómodo con el traje barato de poliéster. A lo mejor el cuello de la camisa le queda estrecho o el cinturón le aprieta la barriga. Desearía que adelgazara y que se vistiera con un poco más de elegancia.
Claire se va a la entrada. Recoge un montón de cartas

acumuladas detrás de la puerta principal, va pasando los sobres. Hay un contestador en la mesa, con una luz roja que parpadea indicando que hay mensajes entrantes.

Danny se acerca a ella. Está hojeando su cuaderno de notas.

—¿Qué hacemos aquí? —pregunta impaciente Claire.

—Nos ha llamado el cartero. Venía a entregar un paquete. Cuando ha llamado a la puerta nadie ha respondido, así que ha dado la vuelta a la casa para dejarlo en la puerta trasera. La puerta estaba abierta y, cuando ha gritado, nadie le ha respondido.

—¿Sabemos algo de la gente que vive aquí?

—He hablado con los vecinos. Dicen que son una pareja tranquila, Paul y Elaine Harrison. No se relacionan con los demás. Tienen dos hijos, pero están en un internado casi todo el año.

—La cantidad de cartas acumuladas indica que los Harrison llevan varios días fuera —comenta ella—. A ver si te enteras de dónde trabajan. Tienen que tener un buen trabajo para permitirse esta casa y mandar a los hijos a una escuela privada.

Danny sale obediente. Claire revisa las habitaciones de la casa y acaba su búsqueda superficial en el salón. Es una habitación grande, bien amueblada con un tresillo de piel y una pantalla de plasma enorme. Le da envidia. Le gustaría vivir en una casa así, pero su sueldo sólo se lo permitirá si sube en el escalafón. Ser detective sargento está bien por ahora, pero necesita escapar de ese entorno rural estancado si quiere progresar.

Debajo del televisor hay un reproductor de DVD. La bandeja está abierta y contiene un disco. Hay unas palabras escritas en el disco con rotulador permanente. Se arrodilla y las lee: «Película casera n.º 1.»

Siente curiosidad por ver qué aspecto tiene la familia Harrison. Decide que le ayudará en sus pesquisas poner rostro a los nombres. Claire pone el televisor y empuja la bandeja del DVD. Espera ver a la familia celebrando la Navidad o un cumpleaños, o disfrutando de un día al aire libre. En lugar de eso ve una pareja sentada en un coche, un gran 4 × 4, parece. Fuera hay luz y árboles al fondo. Es como si la cámara estuviera situada en el salpicadero.

Primero escucha la voz de él.

—Te quiero, nena.

La mujer le pasa la mano izquierda por el pecho. Mete los dedos entre los botones de la camisa y le masajea la piel desnuda con caricias lentas mientras le sostiene la mirada con los ojos muy abiertos.

Él la abraza por la cintura y se la pone encima, de manera que queda sentada sobre sus muslos con las rodillas abiertas, la espalda contra el volante, la ingle sobre la suya.

—Te amo, Paul —le susurra ella con la voz ronca, frotándose en círculos contra él.

—Elaine —suspira él casi sin aliento, buscando a ciegas con las manos debajo del grueso jersey la carne lechosa.

—Te quiero. Quiero follarte. —Se quita el jersey y lo deja en el asiento de al lado. Le caen en desorden sobre la cara mechones de pelo negro, como vetas negras de mármol blanco. Él hunde la cara en el valle poco profundo entre sus pechos, hocicando las redondeces. Ella se estremece y gime bajito, echando hacia atrás la cabeza mientras él le desabrocha el sujetador y le pasa la lengua por los pezones.

Elaine tiene las manos en la cinturilla de los pantalones de Paul. Le desabrocha el cinturón, le baja la cremallera y aparta la tela. Él intenta torpemente aflojarle el cierre de los tejanos. Ella le aparta las manos, se incorpora y se desabrocha. Él la ayuda a librarse de una pernera mientras ella toma su polla y lo ayuda a penetrarla sentándose a horcajadas una vez más y descendiendo con una profunda inspiración siseante.

Claire los mira hacer el amor en el asiento del coche. Elaine Harrison sube y baja arqueando el cuerpo, adelantando el pecho al encuentro de la boca de Paul, que le recorre con las manos el vientre y las caderas y, de vez en cuando, la masturba para darle más placer.

El polvo se vuelve más rápido, más frenético. Elaine chilla cabalgando su polla con más ímpetu.

—¿Qué tienes ahí? —Claire oye la voz monótona de Danny y se da cuenta de repente de que está demasiado enfrascada en el visionado para haberlo visto entrar en la habitación.

—Eh... sólo un DVD —balbucea, pulsando el botón de parada del reproductor.

Saca el disco y lo mete en una bolsa de pruebas.

Claire está sentada a su escritorio revisando el expediente recién abierto de la pareja desaparecida. Lo normal sería considerarlo de baja prioridad, pero no hay mucho más que investigar, así que decide seguir con esto hasta que se presente un caso más jugoso. Danny está sentado enfrente, zampándose una hamburguesa. Claire hace una mueca cuando lo ve ponerse morado.

El teléfono de su compañero suena. Danny se pasa el dorso de la mano por los labios grasientos y responde. Al cabo de un momento le pasa el teléfono a Claire por encima del escritorio.

—Es para ti. Alguien quiere hablar con el oficial al mando del caso Harrison —le explica.

Claire coge el auricular con impaciencia.

—Sargento de detectives Claire Reid. ¿En qué puedo ayudarle?

No oye nada más que el sonido de la comunicación al cortarse. Le devuelve el auricular a Danny.

—¿Un tipo silencioso?

Ella intenta rastrear el número, espera que su interlocutor tenga información vital acerca del paradero de los Harrison, pero en vano.

De vuelta en su casa, Claire calienta algo de comer: otra ración individual para microondas. Descorcha una botella de tinto y saborea el aroma afrutado. Come apresuradamente y, justo después de cenar, enciende el portátil. Introduce el DVD en el lector. No ha podido quitarse de la cabeza a los Harrison en todo el día. ¿Cómo es posible que una pareja desaparezca y nadie la eche en falta? Paul Harrison había dicho al personal de la fábrica de la que era propietario que se tomaba un par de días, pero de eso hacía al menos una semana y no se sabía que tuviese planes para irse de vacaciones.

Luego está el DVD, preparado en el reproductor. ¿Quién lo ha dejado ahí? Seguramente los Harrison esconderían algo tan personal. Si fuera suyo, ella lo escondería. Pasan las imágenes, lo que ya había visto antes de que Danny la interrumpiera bruscamente.

Claire mira atentamente, siguiendo cada movimiento de la pareja. Elaine, le parece, tiene treinta y tantos, es delgada y atractiva, de cuerpo prieto y flexible. Paul es un poco mayor, pero resulta evidente que se cuida. Se mantiene en forma y es musculoso, con un bronceado saludable.

Parecen la pareja perfecta.

Llegan al orgasmo. Elaine se estremece mientras Paul da una última embestida. Ella agarra del pelo a su marido, le apoya la cara en el escote y grita. Claire ve las caderas de Paul en tensión bajo el cuerpo de Elaine. Se quedan así, juntos, un buen rato, con el cuerpo brillante de sudor.

Jadean sin aliento hasta que por fin ella se aparta de él y vuelve al asiento del copiloto.

Claire la ve recolocar un poco la cámara, hacer un zoom sobre la polla todavía dura de Paul. Es la primera vez que Claire ha visto claramente la erección. Está paralizada; no puede apartar los ojos de la pantalla. Nunca había visto pornografía, nunca había sentido la necesidad de hacerlo. Siempre la había considerado algo que sólo atrae a los hombres. Pero aquella filmación la pone a cien. Es tan explícita que puede ver la capa brillante de la mezcla de secreciones en el pene.

Elaine baja la cabeza hacia la entrepierna de su marido y con suavidad se mete la polla en la boca. Le pasa la lengua alrededor del glande, probando con la punta el estrecho orificio, recorriéndolo impacientemente adelante y atrás por encima de la carne roja.

Claire no ve la cara de Paul, pero a juzgar por los ruidosos gruñidos y gemidos, Elaine es muy hábil manejando su miembro viril.

Claire tiene una mano en la entrepierna que aviva su deseo. Se nota muy caliente, nerviosa. Siente una húmeda calidez entre las piernas, un doloroso hormigueo que debe aliviar.

Desliza la palma de la mano por debajo de la cintura de los tejanos, por encima de las bragas. El calor que irradia le pasa a los dedos, los invita a entrar.

Sigue mirando fijamente la pantalla, estudiando a Elaine, que se la chupa a Paul y desliza los labios sedosos sin esfuerzo por el rígido músculo, envolviéndolo por completo, hasta abajo.

Claire se masajea el clítoris con el índice. Nota la pequeña protuberancia que sobresale de los labios de su vulva. La acaricia con cautela por encima de la tela. Ya ha hecho esto muchas veces, en la intimidad de su dormitorio.

Pero ésta es la primera vez que está mirando follar a unos desconocidos y se toca al mismo tiempo. Aumenta la presión y frota con más vigor; sigue con la mirada los labios de Elaine que suben y bajan.

Los gemidos de placer del hombre no la dejan pensar en otra cosa mientras se frota con más intensidad y más rápido. Su solitario mundo se funde con la acción que se desarrolla ante ella.

Claire cierra los ojos, imagina que es su boca la que

rodea el pene del Paul. Responde a su deseo con gusto, concentrando los labios y la lengua en la fuente de la dicha del hombre, acelerando en el momento en que sus suspiros amenazan con decaer, disminuyendo el ritmo cuando gruñe más fuerte y le parece que está a punto de llegar. Ella le provoca un placer doloroso, retrasa el inevitable momento.

Sabe que puede hacer que se corra; sabe que tiene el poder de decidir cuándo.

Escucha sus gemidos llegar al extremo una vez más.

Nota que la polla da una sacudida y que los testículos suben.

¿Va a prolongar la agonía de negarle el orgasmo o le dejará disfrutar del resultado de su labor? Decide dejarle llegar. Saborea su esperma cálido cuando se le corre en la boca; fluye y refluye envolviéndole la lengua y le baja por la garganta. Elaine mira, sonríe mientras Claire también se corre. Pero cuando abre los ojos, el éxtasis decae de inmediato sustituido por una profunda culpabilidad. ¿Qué demonios está haciendo, masturbándose con una película de dos personas que, por lo que ella sabe, pueden haber sido secuestradas o, peor aún, podrían estar muertas?

—¿De dónde ha salido esto? —pregunta Claire levantando el paquete de la mesa. Va dirigido a ella pero carece de sellos.

—Lo entregaron en mano anoche —responde Danny.

—¿Quién lo trajo?

Danny se encoge de hombros, poco dispuesto a ayudar.

Claire abre el sobre y saca un DVD. Está etiquetado como: «Película casera n.º 2.» Inmediatamente se acuerda de la culpabilidad de la noche anterior, de la vergüenza de haber llegado al orgasmo viendo una película (una prueba etiquetada de la policía además) de dos personas desaparecidas follando.

—Tráeme un café —le espeta.

Cuando Danny sale de la habitación mete el disco en el ordenador. Elaine tiene la cámara enfocada en su marido, que se apea de un Range Rover azul oscuro.

Claire oye su voz de fondo, metiéndole prisa. Están en un aparcamiento, pero en el campo, no en la ciudad. Le resulta familiar y sus sospechas se ven confirmadas cuando Paul camina por dunas de arena hacia una playa. Es un lugar muy bonito situado a treinta kilómetros costa abajo.

Paul y Elaine están solos en la playa.

Por lo que Claire sabe de la zona, eso no es nada infrecuente. Aquella playa sólo atrae a los bañistas en pleno verano; el resto del año, sólo la frecuentan los surfistas, los excursionistas y la gente que pasea al perro.

La pareja se para al lado de un bote que descansa boca abajo.

Elaine deja la cámara encima del casco y entra en el plano, al lado de su marido. Lleva un top verde de camuflaje y una minifalda blanca. Flirtea con la cámara y baila provocativamente delante del objetivo.

Paul sonríe para animarla mientras ella hace girar las ágiles caderas. Las mueve despacio, llevando el pubis hacia delante y hacia atrás con lujuria. Se sube la falda por encima de las caderas, provoca la cámara con sus contoneos. No lleva bragas, se le ve el monte de Venus con el vello recortado.

¿Quién le manda aquello? ¿Qué clase de mente retorcida manda las filmaciones del acto más íntimo de una pareja desaparecida?, se pregunta. ¿Se trata de algún tipo de extraño mensaje precursor de una demanda de rescate?

Continúa mirando. Paul lleva los tejanos por los tobillos. Se coloca detrás de su esposa, la agarra por la cintura y le arremanga tanto la falda que Claire puede ver cómo desliza el pene en el coño sedoso. Follan a lo bestia, es un polvo en la playa de los que dejan sin aliento, mirando los dos fijamente la cámara.

El Range Rover está en el aparcamiento de la playa cuando Claire llega. Para dando un frenazo a su lado y se apea del coche. En el gran 4×4 no hay nadie, pero se fija en que su torturador ha dejado un disco plateado debajo del limpiaparabrisas.

Está dejando un rastro para que lo siga. Se hace con el disco y vuelve a su coche. Se ha traído el portátil porque sabía que podría necesitarlo.

La película empieza con la toma de una vieja cabaña de playa con la fachada de madera desconchada.

De repente, Elaine se pone delante de quien maneja la cámara y aparece en escena. Va descalza, pero todavía lleva el top de camuflaje y la falda blanca. Para de correr, se vuelve brevemente hacia la cámara y sonríe invitadora, haciendo señas con el índice al espectador para que se acerque. Luego se marcha saltando por la arena hacia la diminuta cabaña. La cámara la sigue pero se detiene cuando ella se da otra vez la vuelta.

—Vamos. —Hace un guiño antes de marcharse correteando.

Los Harrison disfrutando de tiempos mejores.

Claire baja corriendo a la playa. Se detiene, mira hacia la izquierda; luego, hacia la derecha. No hay ni un alma, pero ve la cabaña de madera. Vuelve a ponerse en marcha, acelerando por la arena hacia ella.

También está pensando a toda velocidad, intentando prever lo que puede encontrar. ¿Esconde el secuestrador a sus víctimas allí? ¿Encontrará otro disco, otra pista? ¿No es más que otro paso en un juego cada vez más estrambótico del gato y el ratón?

Claire avanza más despacio cuando llega a la cabaña. Se pregunta si debe llamar para pedir refuerzos.

No hay ningún signo de presencia humana, nadie la espera. Sube al porche con el corazón acelerado y la respiración agitada. Camina por la madera podrida y se inclina hacia una ventana. Tiene la espalda apoyada en la pared y la ventana queda a la izquierda de su hombro. Se acerca más y adelanta la cabeza para mirar por el cristal.

Ve a dos personas dentro y las reconoce inmediatamente: son los Harrison. Están follando encima de una manta de viaje extendida en el suelo. La ansiedad de Claire se convierte en repentina rabia.

Entra en tromba. Paul mira a su alrededor y la ve, pero sigue follándose a su mujer; su culo sube y baja entre los muslos abiertos de Elaine. Se limita a dar la bienvenida a Claire con una sonrisa y a sostenerle la mirada de asombro.

—Nos preguntábamos si vendrías y te unirías a nosotros —gime Elaine entre suspiros.

—¿Qué demonios está pasando aquí? —exige saber Claire. Pero los otros dos están demasiado ocupados en darse placer para responder. Él parece a punto de correrse y, por lo fuerte que grita, Elaine también.

»Soy una oficial de policía —grita Claire—. ¡Ya basta! —Su protesta no hace más que estimularlos.

Llegan juntos al orgasmo. Claire no sabe qué hacer. Nunca se ha entrenado para una situación semejante. Está completamente desconcertada.

—¡Uf! Ha sido impresionante —suspira Elaine cuando por fin Paul se aparta de ella.

—Mejor que eso —conviene él, jadeando como un perro.

—¿Qué creen que están haciendo? —brama Claire.

—Ha sido un acto impulsivo.

Elaine sonríe.

—Algo que se hace sin pensar, algo tan arriesgado que resulta peligroso.

—¿Me enviaron ustedes los discos? —pregunta Claire.

Asienten con la cabeza al unísono. Claire se da cuenta de que la polla de Paul se sacude cada vez que ella dice algo.

De repente cae en la cuenta: la han arrastrado a sus juegos sexuales, su presencia alienta las fantasías de *voyeur* de aquellos dos. Todo cobra sentido: los discos eran una invitación para que acudiera a mirar, para que se involucrara. Ambos contaban con ello. Había visto las filmaciones, no sólo una vez sino varias, y se había masturbado, se había corrido haciéndolo.

—No ha sido más que un poco de diversión —dice Paul a modo de disculpa—. Déjenos recompensarla.

—Debería arrestarlos por hacerle perder el tiempo a la policía —los advierte Claire echando mano a las esposas...

Danny está en su puesto cuando Claire llega a trabajar a la mañana siguiente. Llega diez minutos tarde. Es la primera vez en su vida que se retrasa. Le planta delante un café. A él le sorprende aquella repentina generosidad.

—He oído que los encontraste —gruñe.

—No ha sido más que un malentendido. Se habían ido a pasar unos cuantos días fuera los dos juntos, eso era todo.

—¿Así que no has hecho ningún arresto?

—No —sonríe ella—. Se las han visto conmigo personalmente.

EXAMEN DE CONDUCIR

Roxanne Sinclair

Mientras Nigel miraba a Cathy bajar saltando el camino de entrada, se preguntaba si debía hablar con su padre acerca de la manera de vestir apropiada para alguien que va a tomar una clase de conducción. Pero quizá cuando tienes diecisiete años una falda del tamaño de un cinturón y una blusa con los tres botones de arriba desabrochados sea una vestimenta adecuada. Y además, ¿cómo le dices a tu mejor amigo que la semana anterior casi se te saltaron los ojos cuando viste los pezones marcados de su hija?

Nigel se apeó del coche y lo rodeó por detrás para ocupar el asiento del copiloto.

Cathy pasó por delante del vehículo acariciando el capó con una mano. Tenía la otra en el cuello blanco de la blusa que casi llevaba.

—¡Hola, Nigel! —ronroneó.

—Cathy.

Se quedaron un momento mirándose. Los ojos castaños de él eran un pozo de miseria por algo que quería pero que sabía que no podía tener. Los de ella, un desafío azul zafiro: adelante si te atreves.

Nigel notó el rubor en la cara y fue el primero en romper el contacto visual apartando la mirada. Tuvo tiempo de cerrar la puerta y de abrocharse el cinturón de seguridad antes de que por fin Cathy se acomodara en el asiento de al lado.

—¿Estás nerviosa por el examen? —le preguntó.

—¿Debería estarlo? —Cathy dibujó una onda suelta con el índice y lo miró por entre sus largas pestañas—. Eres un buen maestro.

Nigel hizo un esfuerzo de concentración.

—Ponte cómoda, Cathy, luego, a tu ritmo, incorpórate al tráfico, por favor, y ve todo recto.

Cathy, rubia y hecha para levantar pasiones, se ajustó el cinturón de seguridad para que le quedara entre los pechos.

Nigel miró de reojo, fingiendo mirar hacia atrás, pero en realidad sus ojos no pasaron de aquellos pechos turgentes. Era evidente que los llevaba sin sujeción debajo de la blusa y los pezones se le marcaban como botoncitos en relieve.

Tiró de la falda en un vano esfuerzo por cubrirse los muslos.

Nigel observó sus esfuerzos con el rabillo del ojo y luego se permitió recorrer con la mirada el muslo hasta la curva del tobillo y hasta su pantorrilla torneada cuando apretó el embrague para meter la primera.

Hizo cuanto pudo por no apartar los ojos de la carretera, pero se le iban todo el rato.

Cuando el coche dobló al final de la calle, ya notaba la frente perlada de gotas de sudor enormes.

—¿Tienes calor? —le preguntó Cathy.

—Un poco —admitió, bajando la ventanilla.

Se dio cuenta de que Cathy no le quitaba ojo de encima.

—Yo también estoy un poco acalorada —dijo, sacando la punta de la lengua entre los labios.

Nigel se aclaró la garganta.

—Mira la carretera, Cathy —dijo, en tono profesional—. Te suspenderán de entrada si no lo haces. —Entonces vio lo que estaba buscando—. Para delante de los coches aparcados a la izquierda y métete marcha atrás en la plaza vacía.

Una vez se hubo detenido junto a los coches aparcados, Cathy se dio la vuelta en el asiento de modo que quedó con el torso perpendicular al volante.

—Ésta es la postura correcta, ¿verdad?

—Sí —le respondió él rápidamente.

—Ni siquiera me has mirado —comentó Cathy—. Necesito colocarme correctamente o no podré hacerlo bien.

Nigel la miró con precaución.

Con las manos en el volante, los brazos le juntaban los pechos, que formaban un profundo escote.

Nigel bajó los ojos, que aterrizaron en su falda. La posición de los pies en los pedales le subía todavía más la falda; incluso le vio un poco las bragas blancas.

—Bueno, ¿qué? —preguntó ella.

—Te has colocado muy bien —dijo él con un hilo de voz.

Todo el rato que ella estuvo maniobrando despacio para meter el coche en el hueco, él no apartó la vista de su escote.

Cathy soltó una carcajada.

—No miras cómo voy —le dije.

—¿No querías que mirara tu posición? —dijo Nigel, sin apartarle los ojos de las tetas.

Se preguntó si estaría malinterpretando las señales: no. Estaba seguro de que no. En todas las clases pasaba lo mismo.

Con el coche ya estacionado, Cathy le preguntó:

—¿Te acuerdas de ese sitio al que solíamos ir cuando empezaste a darme clases?

—No estoy seguro.

—Ese sitio tan solitario.

Su sonrisa lo atravesó como un relámpago. Se preguntaba cuánto tiempo más sería capaz de resistirse a lo que se le ofrecía y se le había estado ofreciendo desde la primera clase.

—¿El viejo aeródromo?

—Sí. ¿Quieres llevarme allí?

—¿Por qué?

Lo miró con los párpados entornados.

—Hay unas cuantas maniobras que quiero practicar.

Nigel, durante una milésima de segundo, se inquietó por las maniobras que a él le hubiese gustado hacer allí mismo. Sabía que eran las mismas que ella quería pero... era la hija de su mejor amigo.

«A la porra, joder», se dijo, descartando cualquier duda. Luego cambió de idea: «A joderla...»

—Si lo tienes claro... —dijo, con la sonrisa sabia de

un hombre de mediana edad que sabe que está a punto de follarse a una chica de diecisiete años.

El aeródromo en desuso era un lugar tranquilo. Pero por si alguien rondaba por los alrededores, la dirigió hacia el punto más alejado del acceso principal. Un par de hectáreas de árboles rodeaban el perímetro.

Siguiendo sus instrucciones, Cathy detuvo el coche y apagó el motor. La bravuconería con la que se había comportado durante todo el trayecto y desde el primer día se había esfumado. Miraba fijamente hacia delante por la luna delantera.

Nigel recordó quién era él, quién era ella y lo que ambos tenían planeado hacer.

—¿Quieres que te lleve a casa? —le preguntó.

—¿Por qué?

Él le miraba los pechos mientras le respondía:

—Porque tienes diecisiete años, eres la hija de mi mejor amigo y puede que hayas dado pie a algo con lo que en realidad no deseas seguir adelante.

—Sí que deseo hacerlo —susurró ella, bajando los ojos.

—¿Estás segura?

—¿Qué pasa? —le preguntó Cathy a la defensiva—. ¿No te apetece hacerlo conmigo?

En respuesta a eso, Nigel se inclinó hacia ella, le sujetó la cabeza con ambas manos y la besó.

Como ella no reaccionaba, se apartó un poco y la miró.

Ella lo miró a él y esta vez tomó la iniciativa de besarlo y él respondió a su beso, primero con dulzura, luego con progresiva perentoriedad. Ya no le besaba la boca sino el cuello. Con la mano derecha la sujetaba por la nuca y, con la izquierda, le desabrochaba la blusa. No era tan hábil con la izquierda como lo hubiese sido con la derecha, pero se las arregló y la blusa no tardó en abrirse y dejar al descubierto los pechos.

Eran perfectos, un poco más grandes de lo habitual, con pezones tiesos de color caramelo justo por encima de la parte central.

Movió la mano para rodearle el derecho, resiguió su perfil con el dedo hasta que el pezón, más orgulloso que nunca, le impidió el paso. Tiró de él e inclinó la cabeza.

Con la dulzura del perfume de Cathy en la nariz, se lo mordisqueó mientras seguía con la mano la curva del cuerpo de Cathy hasta dar con el elástico de sus braguitas. Venció la ligera resistencia del elástico con el dedo y lo situó sobre su monte de Venus.

Cathy sacudió la melena como un perrito fiel.

Nigel notó que se excitaba y se incorporó.

—¿Qué pasa? —preguntó ella.

—Cathy —le dijo él muy en serio—. Si vienes conmigo hasta esos árboles, te tenderé en el suelo y te follaré como un poseso. —Le sonrió—. ¿Te vienes?

—Creía que no me lo pedirías nunca —dijo ella, que había recuperado el aplomo.

—Pero no olvides una cosa —dijo él mientras abría la puerta.

—¿Qué?

—Soy el profesor y tú tienes que hacer exactamente lo que yo te diga.

Ella sonrió.

—De acuerdo.

—Y la primera cosa es dejarte la blusa tal cual la llevas.

Rodearon el coche y abrieron el maletero. Después de sacar la manta que guardaba allí, vio que Cathy le había obedecido: estaba de pie al lado del coche con la blusa abierta a cada lado de sus pechos desnudos.

Se quedaron mirándose. Los dos querían lo que iba a suceder a continuación, pero sólo uno llevaba la batuta. Profesor y alumna.

—Quítate la blusa —le dijo Nigel mientras se desabrochaba la camisa. Ambas prendas cayeron al suelo.

»Ahora, la falda —le indicó, desabrochándose el cinturón y sacándose los zapatos.

Se quedaron en ropa interior. La de ella consistía en un tanga blanco y él llevaba unos boxers a rayas que apenas alcanzaban a contener su erección.

Cathy le observó la polla dura con unos ojos como platos.

Eso le gustó.

—Ven aquí.

Ella obedeció al instante. Sus pezones entraron en contacto con el pecho de Nigel.

—Todo fuera —le dijo.

Cathy fue a quitarse el tanga.

—No —dijo Nigel.

Ella lo miró fijamente.

—Mis boxers.

—¡Oh! —La timidez de Cathy hubiese podido tomarse por verdadera.

Se arrodilló con la cara a pocos centímetros de su entrepierna. Agarró los boxers por la cinturilla y tiró de ella.

Cuando se los bajaba, impulsó el pene de Nigel hacia abajo: una vez liberado saltó hacia la cara de Cathy antes de recuperar su posición casi vertical.

—Acaríciamelo —le ordenó, y ella lo cogió con su manita y lo recorrió de arriba abajo. Siguió tocándosela unos minutos, al cabo de los cuales Nigel le dijo:

»Métetela en la boca y chupa.

Cathy esperaba que se lo pidiera porque obedeció sin dudarlo ni un instante.

Le pareció que no era la primera vez que Cathi chupaba una polla. O eso o tenía un talento natural para ello.

Usaba las mejillas para chupar, los dientes para rascar y la lengua para hacer Dios sabe qué.

Nigel echó hacia atrás la cabeza, incapaz de controlarse. Hacía mucho que nadie le hacía aquello. Se corrió enseguida.

Mientras ella se lamía los restos de semen de los labios, levantó la cabeza para mirarlo y le sonrió.

—¡Qué sabroso!

—Levántate.

Con los labios de ella ligeramente abiertos a milímetros de su cara, Nigel la besó, buscando su lengua con la suya, y notó el sabor salado de su semen en ella.

Le puso las manos en las tetas y le pellizcó un pezón con cada una. Se los retorció con suavidad antes de soltarlos y bajar hacia su entrepierna.

Mientras se la acariciaba con suavidad notó que su miembro, temporalmente flácido, volvía a la vida.

Dejó de besarla.

—Te toca —le susurró, y se arrodilló.

Al principio sólo la miró, luego, sólo con los pulgares, resiguió la «V» de sus ingles y después le fue bajando las bragas centímetro a centímetro. Cuando las tuvo a la altura de las rodillas, las soltó y le cayeron hasta los tobillos. Cathy levantó primero un pie y luego el otro y se liberó de lo único que todavía llevaba.

Nigel no la tocó de entrada. Sabía que era lo que ella quería pero también que posponer el momento incrementaría el deseo de la chica.

Lo primero que hizo fue soplar en su vello púbico. Apenas se movió, pero surtió efecto. Cathy gimió apreciativamente.

Él le pasó un dedo por el borde de la vulva. Adelante y atrás, adelante y atrás, un poco más cada vez hasta que se lo metió dentro. Ella arrastró los pies para separar un poco las piernas. Él empujo el dedo hacia el interior de la vagina y escuchó el agradable chapoteo.

Sacó el dedo y se lo miró. Despacio y deliberadamente, se lo chupó.

—¡Qué sabroso! —dijo, sonriente.

Ella le devolvió la sonrisa, con la mirada un poco perdida.

—Arrodíllate —le dijo Nigel palmeando la manta. Obediente, Cathy dobló las rodillas. Se quedó quieta con la cara a la altura de la suya, pero él le ordenó con la mirada que bajara más. Ella obedeció con una sonrisa apenas disimulada.

Se tendió de espaldas con las piernas dobladas por las rodillas. Tenía los brazos estirados por encima de la cabeza.

Nigel se arrodilló a sus pies. Le recorrió los muslos

hasta las rodillas. Una vez allí no tuvo que aplicar demasiada fuerza para separárselas.

Ella murmuró de placer cuando le masajeó el clítoris con la lengua.

Cuando hubo saboreado suficientemente su fragancia se sentó. Le metió dos dedos de la mano derecha y empezó a moverlos adelante y atrás rítmicamente, con suavidad. Con los dedos de la izquierda le estimulaba el clítoris.

—Fóllame —le suplicó ella.

Él ignoró sus súplicas y siguió con lo que hacía hasta que le pareció que estaba a punto.

Cuando estuvo seguro, la agarró por las caderas, se colocó en posición y la penetró.

Gimiendo de placer, Cathy le apoyó las piernas en la espalda y se movieron rítmicamente. Cada embestida acrecentaba su disfrute.

Nigel se felicitaba. Había juzgado lo a punto que estaba Cathy a la perfección y la chica se corrió segundos antes de que él lo hiciera.

Agotados pero satisfechos, se quedaron un rato tumbados para recuperar el aliento.

—¿Puedo traer a una amiga la próxima vez? —le preguntó Cathy.

Él se apoyo en un codo y la miró, apenas capaz de creer la suerte que estaba teniendo.

—Mi amiga Margaret está buscando a un profesor que la enseñe a conducir. Podrías enseñarnos a las dos.

Mucho ruido (y pocas nueces)

Sue Williams

No estoy acostumbrado a seducir a las alumnas, sobre todo, cuando leo al Bardo. Pero allí estaba ella, con las piernas cruzadas, en primera fila, con el cuaderno abierto, y admito que se me fueron los ojos. Podría decir que fue porque se acercaba a los veinticinco o por la nieve que hace que los de Cambridge anhelen el calor, pero, sinceramente, supongo que mentiría. Fue cosa de la carne y los ojos... no, sobre todo, la carne... y tal vez unas nociones del Bardo.

La lectura iba de sexo. Tranquilo, lector. Cuando has estudiado literatura durante treinta años, empieza a hacerse pajas mentales. Suelo decir que el Bardo es el peor, pero, francamente, es Chaucer, y debo admitir que la querida Jane es más complicada de lo que parece. (¿Alguna vez te has preguntado qué viene después de las risitas? No seas hipócrita. Se hace entre las sábanas.) Eso es lo que yo trataba de enseñar aquel viernes por la mañana en cuestión a mis alumnos, una docena de ellos, aunque me dirigía, de hecho, a los muslos de la señorita

Carson. Llevaba medias de nailon y una falda que no servía precisamente para proteger del frío.

—De hecho —expliqué, mientras ella descruzaba las piernas, con las rodillas un poco separadas—, ese «ruido» de *Mucho ruido y pocas nueces*, puede muy bien referirse al sexo. Las evidencias también sugieren que, para un isabelino —proseguí—, *«thing»* era un eufemismo para referirse al falo. Dicho esto, entonces *«nothing»* (o *«no thing»*, si lo preferís) podía muy bien referirse a la vagina. Ahí lo tenéis. Es freudiano, lo reconozco. *Un montón de sexo alrededor de una vagina.**

Se produjo la algarabía de siempre. La señorita Carson me lanzó una mirada y volvió a cruzar las piernas. Luego vi algo que me arrebató: un destello de su ropa interior. Un poco de encaje, tan delgado como sus medias (ligero, virginal y claramente vulgar). Siempre habían tenido tanto poder sobre mí las ligas, esa mezcla de carne y correa de sujeción... El músculo se me tensó bajo el atril. La imaginé repantigada en aquella silla, húmeda bajo el encaje; imaginé el pliegue donde el muslo se encuentra con la ladera del sexo, tan cálido como un beso con lengua. (En la época medieval llamaban al pene de un modo muy apropiado, ¿no crees? La erección, con perdón, puede ser punzante.)** Me di cuenta, mientras

---

* El juego de palabras es intraducible. El título en inglés de la obra de Shakespeare a la que se refiere el texto es *Much Ado About Nothing*, de ahí los comentarios del profesor. *(N. de la T.)*

** De nuevo un juego de palabras intraducible. En la época medieval se usaba el término *prick* para referirse al pene. *Prick* significa también «pinchar», de ahí la alusión a lo punzante de una erección. *(N. de la T.)*

me esforzaba por centrarme en mi discurso, de que mientras los otros tomaban apuntes, la señorita Carson no. Mientras la miraba, estuve más seguro que nunca de que los doce, en su analítico fervor, se habían percatado de mi fijación. Lo veían y se estremecían con su carne y sus hormonas excitadas. Y con un frívolo meneo de pechos, la señorita Carson me reconquistó.

Yo te pregunto, ¿la hubieras rechazado? Piel blanca como la leche, melena de cachemira, ojos ardientes negros como el carbón. No, no. Era una Desdémona. (Y yo no había echado un polvo como es debido desde las Navidades del 98.)

Le pedí que se quedara. Así lo hizo. Fingí autoridad, con un montón de papeles, y la señorita Carson esperó y miró. Era consciente, en mi estado de Adonis excitado, de que las posibilidades de que aquella criatura realmente me deseara eran francamente escasas. Sin embargo, de todos modos me preguntaba cómo iba a proponerme una cosa así: «Me has puesto un sobresaliente. ¿Te devuelvo el favor? Deja que te enseñe mi *no thing*.» ¿O tenía que tomar yo la iniciativa? Si así era, el precio de un patinazo podía ser excesivo.

Naturalmente, ella no dijo nada de eso. Cuando me puse a borrar la pizarra, oí sus pasos a mi espalda. Subió a la tarima y se me acercó tanto que noté el olor a menta de su aliento. Me di la vuelta. Estaba inclinada contra la mesa situada a la izquierda del atril. Tenía la mirada especialmente turbia.

—Me he dado cuenta de que no tomas apuntes —le dije, acercándome a ella.

Se encogió de hombros y separó las rodillas.

—Me decepcionas —me respondió.

El alma se me cayó a los pies.

—Me refiero a que tú, dando clase sobre sexo: es asqueroso.

—Ah —dije. Tosí una vez más en el puño—. Y bien, señorita Carson, así es Shakespeare.

—Tócame —me dijo. Para recalcar su petición separó las rodillas un poco más y me miró fijamente con una obscena dilatación.

—Ah —dije, bajando la vista—. Ya veo.

Mientras me enfrentaba a aquel delicado precipicio moral, una cosa me empujaba hacia el borde. La silueta de una mujer, bella como es, alcanza su punto álgido cuando dobla la columna vertebral hacia atrás como una arpa y las curvas, si quieres, se ofrecen para que las disfrutes. La señorita Carson estaba así en aquel momento. Tenía las pestañas bajas y los muslos, abiertos. Olía más a almizcle que a menta. Me cogió de la mano, tiró de mí hacia sí (temí caerme como un idiota) y me puso los dedos hacia arriba. (Me los puso donde... no debería decirlo, lo sé, querido lector, es de mal gusto.) Primero se lo rodeé torpemente, encantado con su humedad, que iba en aumento bajo el encaje, como una ostra hinchada.

Dejó escapar un suspiro y echó atrás la cabeza. Eso me llevó a bajarme la cremallera.

Mea culpa. En su palma, fui como un pimpollo. ¡Con qué rudeza, pero con qué precisión, me arrancó de la tierra! Me agarró con firmeza, liberando cada botón perlado hasta que tuve ante mí un pecho que hubiese podido botar mil barcos. Yo, un viejo estúpido, la penetré y grité entre sus muslos y le confesé lo más íntimo. ¡Querido amigo, estaba transfigurado! Me estremecí. ¡Su fuente me purificó y bebí de ella!

El mundo, me temo, me daba vueltas. Me derrumbé contra su cuello. Me pareció que gemía: «Más, más...»

—Lo siento, querida —murmuré—. Me sabe mal, pero no puedo más.

Me apartó y me tambaleé. Me miró como Yago.

—¡Ponme un sobresaliente! —me dijo entre dientes. Suspiró y puso los ojos en blanco—. ¡Quiero que me pongas un sobresaliente!

Exhausto ante la perspectiva de más contacto carnal, consideré lo que un sobresaliente podría implicar; pero su cara, ¡ay de mí!, delataba sus intenciones, y vi que hablaba de cursos.

—Olvídame, querida —me guardé mi virilidad—. Pero con los cursos superiores no cuentes, a menos que saques suficiente nota.

Puso los ojos en blanco y empezó a mascar.

—¿Tengo que deletreártelo? —me dijo, agarrándome por las caderas—. Ponme un sobresaliente en el trabajo y me olvidaré de contarle al decano lo de tus... —Me echó un vistazo a las partes blandas y añadió—: Digamos que «movimientos».

Querido lector, me quedé de piedra. ¡Qué indecencia! ¡Qué obscenidad! ¡Los colmillos de una serpiente no son tan ingratos ni tan severos!

—De hecho —dije, recuperando la compostura y abrochándome la cremallera—, realmente te mereces un sobresaliente y eso voy a ponerte, ¡ni más ni menos!

Se bajó del escritorio con ojos de súcubo.

—Bien —dijo, asintiendo con la cabeza—. Me merezco un sobresaliente y lo sabes.

Y la miré cruzar la sala a grandes zancadas, adelantando las caderas, alarmado con la idea de haber cedido como Fausto.

No volvió a mis clases, aunque solía imaginármela allí sentada, triunfante, con los muslos separados. Pero ahora temo haberla malinterpretado. ¿Qué puedo decir? Créeme, era una Desdémona. A lo mejor la reescribiré en yámbicos.* Y a su modo me salvó, porque su trabajo se merecía verdaderamente un sobresaliente. Amigo mío, ¡era exquisito! Créeme, ¿por qué iba a mentirte? Escribía sin desdén, con mucha sagacidad (y me apetecía que sus páginas olieran a erotismo).

* El pentámetro yámbico es un verso de cinco pies, cada uno de dos sílabas (sin acentuar y acentuada), con una sílaba al final sin acentuar opcional. No rima. William Shakespeare escribió buena parte de su obra dramática usando esta métrica. *(N. de la T.)*

**OTROS TÍTULOS
DE LA COLECCIÓN**

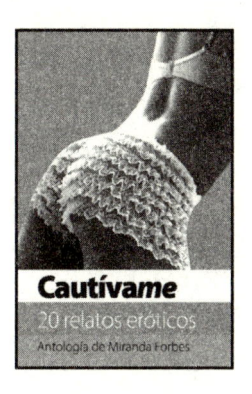

CAUTÍVAME

Antología de Miranda Forbes

Una selección de veinte relatos al rojo vivo, por los más talentosos autores de literatura erótica contemporáneos. La satisfacción está garantizada.

Sean cuales sean tus gustos, los encontrarás en las páginas de Sexybooks.

COMPLÁCE*ME*

Antología de Cathryn Cooper

Veinte relatos al rojo vivo, por los más talentosos autores de literatura erótica contemporáneos. La satisfacción está garantizada. ¡Prepárate para caer en la tentación!

SATISFÁCE*ME*

Antología de Miranda Forbes

Sea cual sea tu fantasía personal, te encantarán las historias de este libro, escritas por los más talentosos autores de literatura erótica contemporáneos. ¡La satisfacción está garantizada!